U0093986

哈福

哈福

哈福

哈福

\ Fast & Easy Korean /

韓語初級會話課

附 MP3

朴永美 ◎編著

哈福

3 分鐘開口說韓語

在學習新的語言時，你想過什麼樣的方式最適合自己嗎？

開始學習外語之初，你是不是毫不考慮的，抱著破釜沈舟的心情，採用過去的學習經驗，埋頭苦學、死背文法，完全不考慮這樣的學習效果如何？

結果，花了九牛二虎的力氣和時間，久不見學習效果，不但澆熄了學習熱忱，最後還草草收場，放棄學習外語的決心。

其實學習外語，並不像我們想像的，那麼困難或枯燥，越是抱著遊戲的心態，越能放鬆心情，進而持續的學習。

在國內教育體系下，英語普遍是國人接觸的第一外語，而受到升學制度的影響，從學生時期，我們學習英語的態度難免有過於嚴肅的情況，雖然學習多年，結果學習效果到底如何？就由個人心中的那把尺自己來衡量了。

但是分析某種語言很擅長的人，不論英語或日語，他們顯著的學習效果，多半來自於「興趣」和「樂趣」。

他們可能很喜歡某個樂團的歌、喜歡看某個明星的戲劇表演、喜歡看當地的漫畫，或者喜歡交外國朋友等等。他們從中聽懂或學到語言，進而得到學習的樂趣；又從樂趣中得到繼續學習的動力，於是他們的外語就越學越好。

語言重要的在於溝通和實用，除非你本身就是語言研究專家或是學者，為了厚植自己的專業，一定得弄清楚語言的每個環節。但是如果你是某種語言的初學者，能夠正確的與人溝通，應該是最基本的訴求。

當然，每個人的學習習慣不同，有些人學習外語，適合死背文法，像學者般的分析句型，判斷句子結構等，這樣他才覺得學習很踏實。可是有些人就是不喜歡看文法，一堆專有名詞讓他的邏輯打結，有看沒有懂，反而降低學習效果。

因此，如果你是屬於不適合從文法書中學習語法的人，本書就是你尋找已久的語言學習書。

本書將初級程度的必備句型融入會話中，讓讀者直接從常用會話裡吸收語法知識，自然而然的培養韓語的語感。回歸孩童時期學習語言的經驗，拋開文法的束縛，直接學習講話，習慣該語言的語感，花一次的功夫，同時學會會話與句型。

只要熟練本書的會話，就可以具有初級程度的韓語會話功力。所以，您可以直接背誦課文中的會話或相關句子的說法，或者利用替換單字，替換出適當的句子。你想想看，如果你今天學到一句新的會話，能夠立即派上用場，那種成就感是不是令人雀躍三分呢？

學習外語不一定要學的痛苦才算用心，只要能和人溝通，就是實力的一大提升。

祝您有個愉快的學習經驗。

目錄

PART 1 基本用語

PART 2 日常用語

PART 1

기본용어 基本用語

第一章　打招呼

第二章　道謝

第三章　詢問

第四章　尋求協助；請求

第五章　道歉

第六章　讚美

第七章　數字

第 1 章 인사

打招呼

안녕하십니까?

你好嗎？

안녕하세요.

你好。

여러분 안녕하세요.

大家好。

저 대신 집안 식구들한데 안부 좀 전해주세요.

請代我向您家人問好。

저 대신 최선생님한데 안부 좀 전해주세요.

請代我向崔先生問好。

요즘 어떻습니까?

最近怎麼樣（近來如何）？

요즘 어떻게 지내십니까?

最近過得怎麼樣？

요즘 잘 지내십니까?

最近過得好嗎？

잘 지냅니다.

很好。

오래간만입니다.

好久不見。

바쁘신지요？

忙嗎？

그리 바쁘지 않습니다.

不太忙。

괜찮습니다.

還好。

바쁩니다.

很忙。

조금 바쁩니다.

有點忙。

수고 하셨습니다.

辛苦您了。

건강하십니까？

身體好嗎？

덕분에 잘 지내고 있습니다, 당신은요?

托您的福，我過得很好，您呢？

만나서 반갑습니다.

很高興見到你。

잘 부탁드립니다.

請多多指教。

처음 뵙겠습니다.

初次見面。

처음 뵙겠습니다, 잘 부탁드립니다.

初次見面，請多多指教。

시간이 많이 늦었으니 저 먼저 가보겠습니다.

時間不早了，我該走了。

안녕히 가세요.

再見！（對走的人說）

안녕히 계세요.

再見！（對留的人說）

내일 뵙겠습니다.

明天見。

잠시후에 뵙겠습니다.

一會兒見。

저 먼저 가보겠습니다.

我先走了。

저 먼저 일어나 보겠습니다.

我先告辭了。

건강하세요.

請保重。

몸조심하세요.

多保重了。

나오지 마세요.

不用送我了（請留步）。

시간나면 저희집에 놀러오세요.

有空請到我家玩。

시간나면 저희집에 꼭 들리세요.

有空一定要來我家坐坐。

좋은아침 입니다.

早安！（晚輩對長輩說）

좋은아침 !

早安！（長輩對晚輩說）

안녕히 주무세요.

晚安！（晚輩對長輩說）

잘자 !

晚安！（長輩對晚輩說）

살펴가세요.

請慢走。（晚輩對長輩說）

잘가.

慢走。（長輩對晚輩說）

다녀 오셨습니까 ?

您回來了。（晚輩對長輩說）

잘 갔다 왔니 ?

你回來啦！（長輩對晚輩說）

다녀 오겠습니다.

我要出門了。（晚輩對長輩說）

갔다 올께.

我走了。（長輩對晚輩說）

다녀 왔습니다.

我回來了。（晚輩對長輩說）

갔다 왔어.

我回來了。（長輩對晚輩說）

수고 하셨습니다.

辛苦了。

당신먼저.

您先請。

잘먹겠습니다.

我要開動了。（晚輩對長輩說）

잘먹을께.

我要開動了。（長輩對晚輩說）

맛있게 드세요.

請慢用。

잘먹었습니다.

我吃飽了。（晚輩對長輩說說）

잘먹었다.

我吃飽了。（長輩對晚輩說）

第 2 章 감사

MP3-3

道謝

감사합니다.

感謝您。

고맙습니다.

謝謝你。

대단히 감사합니다.

太感謝您了。

너무 잘해주셔서 감사합니다.

謝謝您的熱情款待。

예, 네.

是。

아니오.

不是。

천만에요.

不客氣。

미안해 할꺼 없습니다.

你不要這麼客氣嘛！

별거 아닙니다.

這沒什麼？

괜찮습니다.

沒關係。

죄송합니다.

不好意思。

불편을 드렸군요.

給您添麻煩了。

실례했습니다.

打攪您了。

덕분에 많은 도움이 됐습니다.

多虧有您的幫助。

당신의 호의에 감사드립니다.

多謝您的好意。

第 3 章 질문

MP3-4

詢問

실례지만　성함이　어떻게　되십니까 ?

請問您貴姓大名？

실례지만　누구신지요 ?

請問您是誰？

당신에　직업은　무엇입니까 ?

請問您的職業是什麼？

무엇이　필요하십니까 ?

你需要什麼？

어디에　사십니까 ?

你住在哪裡？

어디　사람　입니까 ?

你是哪裡人？

실례지만　누구를　찾으세요 ?

請問您找哪一位？

누구와　같이　오셨습니까 ?

你跟誰一起來的呢？

내일 시간 있으십니까?

你明天有空嗎？

영어 하실 줄 아십니까?

請問您會說英文嗎？

왜 이렇게 했습니까?

你為什麼這樣做？

볼팬 있으십니까?

你有帶筆嗎？

이것은 무엇입니까?

這是什麼？

저것은 무엇입니까?

那是什麼？

이렇게 하면 되겠습니까?

這樣好嗎？

명동에 어떻게 가야합니까?

我要到明洞，該怎麼去？

실례합니다, 지금 몇 시입니까?

對不起，請問現在幾點？

시간 오래 걸리나요?

要花很長的時間嗎?

얼마나 더 걸리나요?

還要多久的時間呢?

오늘은 무슨요일 입니까?

請問今天是星期幾?

오늘은 몇월 몇일 입니까?

請問今天是幾月幾號?

언제 외출 하십니까?

您什麼時候出去?

언제 출발 하십니까?

您什麼時候出發?

언제 오십니까?

您什麼時候回來?

몇 시에 출근 하십니까?

您幾點上班?

몇 시에 퇴근 하십니까?

你幾點下班?

한국에 언제 오셨습니까?

您什麼時候來韓國的呢？

생일이 언제 입니까?

您的生日是幾月幾號？

오늘은 무슨 날입니까?

今天是什麼日子？

오늘 무슨 특별한 날입니까?

今天是什麼特殊的日子嗎？

근처에 상점이 있습니까?

這附近有商店嗎？

실례지만 제일 가까운 우체국이 어디에 있습니까?

請問最近的郵局在哪裡？

第 4 章 도움요청 ; 요청 MP3-5

尋求協助；請求

실례합니다.

對不起，打擾一下。

죄송합니다만 저좀 도와주실 수 있겠습니까?

不好意思，可不可以請你幫我一個忙？

좀 도와주세요.

請幫幫忙。

잠깐 시간좀 내주실 수 있겠습니까?

耽誤您一點時間可以嗎？

저의 영광입니다.

這是我的榮幸。

부탁드립니다.

麻煩你了。

부탁드립니다.

拜託你了。

문제 없습니다.

可以，沒問題。

도와주지 못해서 죄송합니다.

對不起，不能幫您。

무슨일 있으세요?

有事嗎？

도와 드릴까요?

需要幫忙嗎？

아니요, 괜찮습니다.

不用了，謝謝您。

저혼자 하겠습니다.

我自己來就可以了。

이말을 한국말로 어떻게 해야하는지 좀 가르쳐 주세요!

請教我這句話用韓文怎麼說？

가르쳐 주세요.

請告訴我。

학교에 데려다 주실 수 있겠습니까?

帶我去學校好嗎？

조용히 해주십시오.

請保持安靜。

큰소리를 내지 마십시오.

請不要大聲喧嘩。

금연 입니다.

請不要抽煙。

줄 서주세요.

請排隊。

양보 해주세요.

請讓位。

매표 부터 하세요.

請先買票。

선불 입니다.

請先付費。

第5章 사과

道歉

미안합니다.

對不起。

정말 미안합니다.

非常對不起。

죄송합니다.

抱歉。

매우 죄송합나다.

非常抱歉。

부탁드립니다.

麻煩你。

용서해 주십시오.

請原諒。

양해 바랍니다.

請見諒。

많은 양해 바랍니다.

請多多見諒。

실례합니다.

失禮。

실례합니다, 좀 지나가겠습니다.

對不起，借過。

너무 죄송하게 됐습니다.

太對不起你了。

제가 너무 조심성이 없었습니다.

我太不小心了。

MEMO

第6章 칭찬

MP3-7

讚美

눈이 참 크시네요!

你的眼睛好大喔！

다리가 참 기시네요.

你的腿好長。

목소리가 참 듣기 좋네요.

你的聲音好好聽。

한국어를 참 잘하시네요.

你的韓語說的好棒。

집을 예쁘게 잘 꾸미셨어요.

你的家布置的真漂亮。

그는 공부를 참 열심히 합니다!

他好用功喔！

참 예뻐요.

你真漂亮。

참 늠늠 하시네요.

你真英俊。

키가 참 크군요.

你好高喔。

참 좋은 분이시군요.

你人真好。

그는 매우 선량 합니다.

他很善良。

그는 매우 똑똑 합니다.

他好聰明。

꼬마애가 참 귀여워요.

小孩真可愛。

할아버지는 참 자상합니다.

老爺爺好慈祥。

MEMO

第7章 숫사

數字

韓字	漢字	中文
하나	일	一
둘	이	二
셋	삼	三
넷	사	四
다섯	오	五
여섯	육	六
일곱	칠	七
여덜	팔	八
아홉	구	九
열	십	十
열하나	십일	十一
열둘	십이	十二
열셋	십삼	十三
열넷	십사	十四
열다섯	십오	十五
열여섯	십육	十六
열일곱	십칠	十七

열여덜	십팔	十八
열아홉	십구	十九
스믈	이십	二十
스믈하나	이십일	二十一
서른	삼십	三十
마흔	사십	四十
쉰	오십	五十
예순	육십	六十
일흔	칠십	七十
여든	팔십	八十
아흔	구십	九十

백	100
백하나	101
백둘	102
백십	110
백십일	111
백십이	112
백이십	120
백삼십	130

백사십	140
백오십	150
백육십	160
백칠십	170
백팔십	180
백구십	190
이백	200
삼백	300
사백	400
오백	500
육백	600
칠백	700
팔백	800
구백	900
이백삼십구	239
삼백오십일	351
팔백구십구	899
만	萬

MEMO

PART 2

일상용어 日常用語

第一章

한국에 가다

去韓國

一　비행기안에서　在飛機上

1 탑승

登機

會話（一）

여승무원 : 안녕하십니까 !
空中小姐 ： 你好！

승객 : 죄송합니다만 제 좌석은 어디에 있습니까 ?
客人 ： 對不起，請問我的座位在哪裡？

여승무원 : 티켓을 좀 보여 주시겠습니까 ?
空中小姐 ： 請讓我看看您的登機證。

승객 : 여기 있습니다.
客人 ： 在這裡。

여승무원 : 손님좌석은 오른쪽 창가에 있습니다.
空中小姐 ： 您的座位在右邊靠窗的位子。

會話（二）

승객 : 짐은 어디에 놓아야 합니까 ?
客人 ： 請問行李要放哪裡？

여승무원 : 큰짐은 좌석위에 있는 짐칸에 넣으시면 됩니다.
空中小姐 ： 大型的行李，可以放在座位上方的行李櫃。

여승무원 : 작은 손가방은 좌석아래 두시면 됩니다.
空中小姐 : 小型的手提行李，可以放在座位下面。

승객 : 짐이 좀 커서 그러는데 좀 도와 주시겠습니까?
客人 : 我的行李有點大，你可以幫我一下嗎？

여승무원 : 예.
空中小姐 : 好的。

補充句

1. **저기요! 제 좌석를 찾지 못하겠습니다.**
   小姐，我找不到我的位子。
2. **제 좌석번호 좀 봐주실 수 있겠습니까?**
   你可以幫我看一下我的座位號碼嗎？
3. **자리 좀 안내해 주실 수 있겠습니까?**
   你可以帶我去嗎？
4. **실례지만 비지니스석은 어디에 있습니까?**
   請問商務艙在哪裡？
5. **이건 어디에 놓아야 합니까?**
   這個要放哪裡？
6. **제 짐이 안들어 갑니다.**
   我的行李放不進去。
7. **좌석을 바꿀 수 있을까요?**
   可以換座位嗎？

替換單字

좌석	座位	보다	看
오른쪽	右邊	가까이	靠近
창가	窗戶	짐	行李
위에 놓다	放上面	도움	幫忙

TIPS

韓國地形

韓國位於亞洲的東北方，是一個半島國家，韓國的西北部銜接中國大陸的東北部，北以鴨綠江和豆滿江為國界，向東南方向伸展。朝鮮半島南北長約一千公里，東西最短距離為二一六公里，總面積為二十二萬平方公里。

韓國的國土山地和丘陵佔總面積的70%，東北部的地形較陡峭，多高山地形，韓國諸多著名的風景便在此區，如江原道的雪嶽山國家公園、五台山國家公園等，都在韓國的東北部。韓國的西南部則是一片平原，為韓國的穀倉。

2 주문

點餐

MP3-10

會話（一）

승객 : 저기요.
客人 ： 小姐。

여승무원 : 무엇을 도와 드릴까요?
空中小姐 ： 有什麼需要服務的嗎？

승객 : 목이 좀 마른데 음료수 한잔만 주실 수 있겠습니까?
客人 ： 我口有點渴，可以給我一杯飲料嗎？

여승무원 : 물론입니다, 무슨 음료를 드시겠습니까?
空中小姐 ： 當然可以，請問您要喝什麼飲料？

승객 : 쥬스 주세요.
客人 ： 果汁。

여승무원 : 예, 바로 가져다 드리겠습니다.
空中小姐 ： 好的，我馬上拿給您。

會話（二）

여승무원 : 소고기요리와 생선요리중 무엇을 드시겠습니까?
空中小姐 ： 請問您要牛肉餐或魚肉餐？

승객 : 생선요리로 주세요.
客人 : 我要魚肉，謝謝。

여승무원 : 커피와 티 중 무엇을 드시겠습니까?
空中小姐 : 您的飲料要喝咖啡還是茶？

승객 : 커피요, 프림은 두개 주세요.
客人 : 咖啡，我要兩個奶精。

補充句

1. 얼음 좀 주세요.
   請給我一點冰塊。
2. 디저트 하나 더 주실 수 있겠습니까?
   可以給我一份點心嗎？
3. 배가 고파서 그러는데요, 언제쯤에 식사 제공 하나요?
   我肚子餓，請問什麼時候用餐？
4. 리필해 주세요.
   我要續杯。

生字

목이 마르다	口渴	음료	飲料
마시다	喝	쥬스	果汁
바로	馬上	소고기	牛肉

생선	魚肉	커피	咖啡
티	茶	프림	奶精
두개	兩個	서비스	服務

替換單字

콜라	可樂	사이다	汽水
물	白開水	술	酒
화이트와인	白葡萄酒	레드와인	紅葡萄酒
닭고기	雞肉	돼지고기	豬肉
샐러드	沙拉	슈가	糖
소금	鹽	티슈	餐巾紙
나이프	刀	포크	叉

3 비행서비스 요청

要求機上服務

MP3-11

會話（一）

승객　　：저기요 음악을 들으려고 하는데요, 시작 버튼이 어디에 있습니까?
客人　　：小姐，我要聽音樂，開關在哪裡？

여승무원：버튼은 여기에 있습니다, 이제 음악을 들으실 수 있습니다.
空中小姐：開關在這裡，現在您可以聽到音樂了。

승객　　：죄송합니다만 제 헤드폰이 고장입니다, 아무소리도 들리지 않습니다.
客人　　：對不起，我的耳機好像壞了，沒有聲音。

여승무원：바꿔 드리겠습니다.
空中小姐：我幫您換一個。

會話（二）

승객　　：저기요! 신문 좀 가져다 주세요.
客人　　：小姐，請給我一份報紙。

여승무원：예, 중국신문으로 드릴까요? 아님 한국신문으로 드릴까요?
空中小姐：好的，您要中文的還是韓文的。

승객　　：중국신문으로 주세요.
客人　　：中文的，謝謝！

會話（三）

승객　　：저기요! 머리가 아파서 그러는데 진통제 있습니까?
客人　　：小姐，我頭痛，請問有止痛藥嗎？

여승무원：예, 있습니다. 실례지만 혹시 약물 과민반응이 있습니까?
空中小姐：有的，請問您會藥物過敏嗎？

승객　　：없습니다.
客人　　：不會。

여승무원：예, 그럼 바로 가져다 드리겠습니다.
空中小姐：好的，我立刻為您拿藥。

補充句

❶ 실례지만 안전벨트는 어떻게 착용해야 합니까?
請問安全帶要怎麼繫。

❷ 불키는 스 위 차가 어디에 있습니까?
燈的開關在哪裡？

❸ 포카 하나만 주세요.
請給我一份撲克牌。

❹ 저 몸이 좀 불편합니다.
我有點不舒服。

❺ 출입국 신고서 한장만 주세요.
請給我一份出入境卡。

替換單字

듣다	聽	음악	音樂
헤드폰	耳機	고장	壞了
바꾸다	換	시작버튼	開關
주다	給	머리	頭
아프다	痛	약	藥
약물과민 ; 알러지		藥物過敏	

替換單字

담요	毛毯	베개	枕頭
잡지	雜誌	두통약	頭痛藥
위약	胃藥	영문	英文

MEMO

면세품을 사다

買免稅商品

MP3-12

會話（一）

승객 : 저기요！면세품을 사야 하는데요.
客人 : 小姐，我要買免稅商品。

승객 : 면세상품의 카탈로그 있습니까？
客人 : 有免稅商品的型錄嗎？

여승무원 : 예, 있습니다. 가져다 드리겠습니다.
空中小姐 : 有的，我拿給您。

여승무원 : 디른거 더 필요하신거 없으십니까？
空中小姐 : 還需要其它的服務嗎？

승객 : 먼저 참고 해보고 다시 부르겠습니다.
客人 : 我參考完了，再找你，謝謝！

會話（二）

승객 : 면세품을 사고 싶습니다.
客人 : 我想買免稅商品。

여승무원 : 알겠습니다. 무엇이 필요하신지요？
空中小姐 : 好的，請問您需要什麼？

승객 : 담배 한보루와 조니워커 한병 주세요.
客人 : 給我一條香煙、一瓶約翰走路酒。

여승무원 : 원하시는 담배 여기 있습니다.
空中小姐 : 這是您要的香菸。

승객 : 대만돈으로 지불해도 되겠습니꺼.
客人 : 可以用台幣付嗎？

여승무원 : 네, 물롭입니다.
空中小姐 : 可以。

補充句

❶ 면세상품의 카탈로그 하나만 가져다 주실 수 있습니까?
請給我一份免稅商品的型錄。

❷ 이 향수로 주세요.
我要這一瓶的香水。

❸ 달러로 지불해도 됩니다.
可以付美金。

替換單字

사다	買	면세상품	免稅商品
카탈로그	型錄	참고	參考
보루	條	담배	香菸
병	瓶	지불	付
대만돈	台幣		

替換單字

넥타이	領帶	손수건	手帕

二 공항에서 在機場

1 입국

入境

MP3-13

會話（一）

검사원 : 외국인이십니까？한국인이십니까？
審查員 : 你是外國人還是韓國人？

여행객 : 외국인 입니다.
旅客 : 外國人。

검사원 : 외국인은 저쪽으로 서주십시오.
審查員 : 外國人請排那邊。

여행객 : 예, 알겠습니다. 고맙습니다.
旅客 : 好的，謝謝你。

會話（二）

세관 : 출입국 신고서를 쓰셨습니까？
海關 : 請問您有填出入境卡嗎？

승객 : 아니요.
客人 : 沒有。

세관 : 그럼 이 양식에 기재해 주십시오.
海關 : 請您補填一下這份表格。

승객 : 알겠습니다, 바로 적겠습니다.
客人 : 好的，我馬上填。

補充句

❶ 저기요, 저는 외국사람인데 어디에서 줄을 서야하지오?

先生，我是外國人要排哪裡？

❷ 여권 좀 보여주시겠습니까?

請讓我看一下你的護照。

❸ 비행기를 갈아타야 하는데요, 대기실이 어디에 있습니까?

我要轉機，候機室在哪裡？

替換單字

외국인	外國人	한국인	韓國人
줄을서다	排隊	쓰다	寫
기재 ; 적다	填	양식	表格

MEMO

2 짐 찾을때

領取行李

MP3-14

會話（一）

김 : 이 짐이 당신 것입니까?
金 : 這是你的行李嗎？

이 : 아니요.
李 : 不是。

이 : 저기 검은색 짐가방이 제 짐입니다.
李 : 我的是那邊黑色的行李箱。

會話（二）

김 : 실례합니다만 짐 찾는 곳이 어디에 있습니까?
金 : 請問一下，行李提取區在哪裡？

이 : 저쪽입니다.
李 : 在那邊。

김 : 제 짐가방을 찾지 못했습니다. 어디로 가서 등록해야 하나요?
金 : 我沒看到我的行李箱，該去哪裡登記。

이 : 죄송합니다. 잘 모르겠습니다.
李 : 對不起，我不知道。

이 : 저기 직원에게 한번 물어보세요.
李 : 也許你可以問那邊的工作人員。

補充句

❶ 짐을 잘못가져 갔습니다.
你拿錯行李了。

❷ 이것은 제 것입니다.
這是我的。

❸ 위에 제 이름이 적혀 있습니다.
上面貼著我的名字。

❹ 죄송합니다. 제 짐가방과 너무 비슷해서 잘못가져 갔습니다.
對不起，和我的行李很像，所以拿錯了。

❺ 실례지만 손수레가 어디에 있습니까?
請問手推車在哪裡？

❻ 제 짐가방이 없어졌습니다.
我的行李箱不見了。

❼ 제 짐이 나오지 않았습니다.
我的行李沒有出來。

替換單字

짐	行李	검은색	黑色
짐가방	行李箱	등록	登記

替換單字

손가방	手提包	여행가방	旅行箱
가방	背包		

3 통관

通關

MP3-15

會話（一）

세관　　: 집　한번　열어보세요.
海關　　: 請把你的行李打開來。

여행객　: 예.
旅客　　: 好的。

세관　　: 이것이　무엇입니까?
海關　　: 這是什麼?

여행객　: 이것은　저의　개인용품　입니다.
旅客　　: 這是我的私人用品。

세관　　: 상자안에　무엇이　들어있습니까?
海關　　: 盒子裡裝的是什麼?

여행객　: 친구에게　줄　선물입니다.
旅客　　: 我要送朋友的禮物。

會話（二）

세관　　: 이　디지털카메라는　새것입니까?
海關　　: 這是新的數位照相機嗎?

여행객　: 아니요, 제가　사용하던　것입니다.
旅客　　: 不是，是我用過的。

세관 : 신고및 세금을 내야할 물건이 있습니까?
海關 : 有沒有要申報或報稅的東西？

여행객 : 없습니다.
旅客 : 沒有。

세관 : 당신의 담배수량이 초과 됐습니다.
海關 : 你的香菸數量超過規定。

여행객 : 그럼 어떤 수속을 밟아야 합니까?
旅客 : 那我該辦什麼手續？

세관 : 저쪽에 있는 창구에 가서 처리 하십시오.
海關 : 請到那邊的櫃臺辦理。

會話（三）

세관 : 이번에 한국에 오신 목적이 무엇입니까?
海關 : 你這次來韓國的目的是什麼？

여행객 : 친구를 만나러 왔습니다.
旅客 : 訪友。

세관 : 한국에 얼마동안 머믈 예정입니까?
海關 : 你要在韓國停留多久？

여행객 : 삼주 동안이요.
旅客 : 三個禮拜。

세관 : 당신에 직업이 무엇입니까?
海關 : 你的職業是什麼？

여행객 : 학생입니다.
旅客 : 學生。

補充句

1. 저는 한국에 처음 왔습니다.
   我是第一次來韓國。
2. 저는 한국에 처음 온것이 아닙니다.
   我不是第一次來韓國。
3. 저는 비자를 받지 않았습니다.
   我沒有辦簽證。
4. 저는 단기 어학연수를 왔습니다, 한 삼주 정도 머를 예정입니다.
   我是短期遊學，停留三個星期。
5. 이거 세금내야 합니까?
   這個需要付稅嗎？
6. 이거 신고해야 합니까?
   這個需要申報嗎？
7. 죄송합니다, 신고해야할 물건을 써야하는걸 잊어버렸습니다.
   對不起，我忘了填寫需要申報的東西。

替換單字

열다；키다	打開	상자	盒子
무엇을 담는다	裝什麼	주다	送
친구	朋友	선물	禮物
디지털카메라	數位照相機	관세	關稅
목적	目的	머무르다	停留
주일	禮拜	직업	職業

替換單字

관광	觀光	방문	訪問
휴가	度假	유학	留學
일	工作	일	天
월	月		

MEMO

마중

接機

MP3-16

會話（一）

김 : 실례지만 이선생님 입니까?
金 : 請問您是李先生嗎？

이 : 예.
李 : 是的。

김 : 안녕하십니까 저는 ABC 회사에 영업사원 김수미라고 합니다.
金 : 您好，我是 ABC 會社的業務員金永秀。

이 : 안녕하세요, 만나서 반갑습니다.
李 : 您好，很高興認識您。

김 : 차를 바깥에다 세워놨습니다.
金 : 我的車子停在外面。

이 : 예, 알겠습니다.
李 : 好的，知道了。

會話（二）

김 : 수미씨, 저 여기에 있습니다.
金 : 秀美，我在這裡。

이 : 오랜만입니다, 보고싶었어요!
李 : 好久不見了，好想你喔。

김　　：그렇습니까！한국에 온신걸 환영합니다.
金　　：是啊！歡迎你來韓國玩。

이　　：마중나와 주셔서 감사합니다.
李　　：謝謝你來接我。

補充句

❶ **제가 바로 당신이 마중해야할 송빈입니다.**
我就是你要接機的宋彬。

❷ **제 명함입니다, 잘 부탁드립니다.**
這是我的名片，請多多指教。

❸ **먼저 호텔에 모셔다 드리겠습니다.**
我先送你去飯店。

❹ **너무 오랜만에 한국에 왔습니다.**
好久沒來韓國了。

❺ **한국에 온것이 이번이 처음입니다.**
這是我第一次來韓國。

❻ **한국에 신공항은 매우 큽니다.**
韓國新機場好大喔！

替換單字

회사	公司	영업사원	業務員
알게되다	認識	차；카	車子
세우다	停	밖	外面
보고싶다	想念	놀다	玩
맞이하다	接		

5 공행에서 시내까지

從機場到市區

MP3-17

會話（一）

김 : 실례지만 교통안내소가 어디에 있습니까?
金 ： 請問交通詢問櫃臺在哪裡？

이 : 오른편에 있습니다.
李 ： 就在你的右方。

김 : 고맙습니다.
金 ： 謝謝。

이 : 천만에요.
李 ： 不客氣。

會話（二）

김 : 안녕하세요, 워커힐에 가고싶은데요, 그곳까지 가는 교통편이 있습니까?
金 ： 你好，請問我要到華克山莊，有直達的交通工具嗎？

이 : 예, 있습니다. 직행버스를 이용하시거나 택시를 타세요!
李 ： 有的，我們有直達的巴士，或者您也可以坐計程車。

김 : 어디에서 표를 사야합니까?
金 ： 請問要在哪裡買票？

이　　　: 여기서 사시면 됩니다.
李　　　: 在這裡就可以了。

補充句

❶ 실례지만 서울까지 가려면 어떤 교통편을 이용해야합니까?
請問我要到首爾，應該搭什麼交通工具？

❷ 시내 중심가까지 어떻게 가야합니까?
請問要怎麼到市中心？

❸ 어디에서 공항버스를 타야하나요?
請問要在哪裡搭機場巴士？

❹ 실례지만 여행안내소 창구가 어디에 있습니까?
請問旅遊詢問櫃臺在哪裡？

❺ 시내지도가 있습니까?
有市內街道地圖嗎？

替換單字

어디	哪裡	직행	直達
교통편	交通工具	버스	巴士
앉다	坐	택시	計程車
매표	買票	타다	搭

PART 2

일상용어 日常用語

第二章

한국거리를걷다

行在韓國

一 길을 묻다 問路

MP3-18

會話（一）

유 : 창덕궁에 어떻게 갑니까?
劉 : 請問昌德宮怎麼走？

행인 : 지하철 3 호선을 타서 안국역에서 하차하시면 됩니다.
路人 : 你搭地鐵 3 號，到安國站下車就可以了。

유 : 하차 후엔 어떻게 가야합니까?
劉 : 下車之後，我該怎麼去呢？

행인 : 하차후에 다른사람한데 물어보는것이 더욱 정확할 것입니다.
路人 : 下車之後，再問別人會比較清楚。

會話（二）

여행객 : 실례합니다만 종로까지 어떻게 가야합니까?
旅客 : 對不起，打擾一下，請問鐘路在哪裡？

유 : 직진해서 오른쪽으로 꺽은다음 다시 직진하면 두번쩨 신호등이 보입니다, 가로로된 길이 종로입니다.
劉 : 直走右轉，再直走，看到第二個紅綠燈，橫的那條路就是鐘路了。

여행객 : 오래가야합니까?
旅客 : 要走很遠嗎？

유 : 거리가 좀 있습니다. 약 이십분에서 삼십분정도 걸어가셔야 합니다.
劉 : 有一點距離，約要走 20 到 30 分鐘。

補充句

❶ **실례하겠습니다.**
對不起，請問一下。

❷ **이곳에 어떻게 가야합니까?**
要到這個地方該怎麼去？

❸ **얼마나 가야합니까?**
要走多久？

❹ **머나요?**
遠不遠？

❺ **지도 한장 그려주실 수 있습니까?**
可不可以麻煩你畫張地圖給我？

❻ **길을 잃어버렸습니다, 제일 가까운 택시타는곳이 어디에 있습니까?**
我迷路了，最近的計程車招呼站在哪裡？

❼ **화장실이 어디에 있습니까?**
請問廁所在哪裡？

❽ **근처에 눈에 띄는 건물이나 상점이 있습니까?**
附近有明顯的大樓或商店嗎？

替換單字

걷다	走	지하철	地鐵
하차	下車	가다	去
물어보다	問	직진	直走
두번째	第二個	신호등	紅綠燈
거리	距離		

替換單字

경복궁	景福宮	신문로	新門路
을지로	乙支路	좌회전	左轉
백화점	百貨公司	정거장	公車站
지하철역	地鐵站	기차역	火車站

MEMO

二 지하철 地鐵

會話（一）

송 : 실례지만 이 근처 지하철역이 어디에 있습니까?

宋 : 請問附近的地鐵站在哪裡？

행인 : 다시 되돌아 가셔서 앞에있는 식당에서 왼쪽으로 꺽으시면 표시판이 보입니 다. 그리고 지하도로 내려가시면 됩니다.

路人 : 你往回走，看到前面的食堂往左轉，你就可以看到標示牌，往地下道走下去就是了。

송 : 죄송합니다, 잘 못알아들어서 그러는데 다시한번 말씀해 주실 수 있게씁니까?

宋： 對不起，我聽不太懂，你可以再說一遍嗎？

행인 : 약도 한장 그려 드릴께요, 볼팬과 종이있습니까?

路人 : 我畫地圖給你好了，你有紙筆嗎？

송 : 예, 고맙습니다!

宋 : 有的，謝謝你。

會話（二）

송 : 실례지만 자동매표기가 어디에 있습니까?

宋 : 請問自動售票機在哪裡？

행인 : **저기 저쪽에 있는 것들입니다.**
路人 ： 那邊哪幾台就是了。

송 : **어떻게 사용해야 합니까?**
宋 ： 要怎麼使用呢？

행인 : **목적지까지 얼마인지 확인한 후 구간 버튼을 누르세요, 그 다음 동전을 넣으시면 됩니다.**
路人 ： 看你要去的地方是多少錢，然後按區段按鈕，再投錢就可以了。

송 : **죄송합니다만 좀 복잡한거 같은데요 저대신 표를 사주실 수 있겠습니까?**
宋 ： 對不起，聽起來有點複雜，你可以幫我買票嗎？

會話（三）

송 : **지하철 이호선은 어디에서 타야합니까?**
宋 ： 請問我要搭地鐵 2 號，是在第幾月台？

행인 : **지하철 이호선은 초록색입니다. 색갈을 보고 타시면 됩니다.**
路人 ： 地鐵 2 號線是綠色的，你看顏色搭乘就可以了。

송 : **도중에 갈아타야 하려면 어떻게 하나요?**
宋 ： 中途我要換車怎麼辦？

행인 : **갈아타는 표시가 있는역에서 갈아타시면 됩니다.**
路人 ： 你可以在有換乘站符號的地方換車。

補充句

❶ 실례지만 제일 가까운 지하철역이 어디에 있습니까?
請問最近的地鐵站在哪裡?

❷ 좀 데려다 주시겠습니까?
你可以帶我去嗎?

❸ 차표를 어떻게 사야하는지 좀 가르쳐 주십시오.
請告訴我怎麼買車票?

❹ 어디에서 차표를 사야합니까?
請問在哪裡買車票?

❺ 실례지만 나가는곳이 어디에 있습니까?
請問出口在哪裡?

❻ 어디에서 바꿔타야 합니까?
在哪裡換車?

❼ 차표가 철도에 떨어졌습니다. 어떻게 하지오?
我的車票掉到車軌了怎麼辦?

❽ 지하철 직원이 어디에 있습니까.
地鐵的工作人員在哪裡?

❾ 실례지만 지하철삼호선은 무슨 색깔입니까?
請問 3 號線是什麼顏色的?

替換單字

앞	前面	식당	食堂
표시판	標示牌	지하도	地下道
말하다	說	한번	一遍
복잡	複雜	그리다	畫
지도	地圖	있다	有
종이	紙	볼팬	筆
자동매표기	自動售票機	대	台
사용	使用	매우	很
이해	瞭解	녹색	綠色
색깔	顏色	도중	中途
바꿔타는 표시	換車符號		

替換單字

매표소	車票售票口	천천히 말하다	說慢一點
국철	國鐵	보라색	紫色
노란색	黃色	짙은파란색	深藍色
연한파란색	淺藍色		

三 버스 公車

MP3-20

會話（一）

최 : 실례지만 이 버스 이화여대까지 가나요?
崔 : 請問這班公車有到梨花女子大學嗎？

행인 : 예.
路人 : 有的。

최 : 실례지만 신촌도착했습니까?
崔 : 請問新村到了嗎？

행인 : 아직이요.
路人 : 還沒有。

최 : 도착하면 저한테 좀 가르켜 주시겠습니까?
崔 : 到了可不可以請你叫我一下。

행인 : 예.
路人 : 好的。

會話（二）

최 : 실례지만 이 버스가 구로동가는 버스입니까?
崔 : 請問這是到九老洞的車嗎？

행인 : 아니요.
路人 : 不是。

최　　　　: 시청까지 가야하는데요, 몇번 버스를 타야합니까?
崔　　　　: 請問我要到市政府，應該要搭幾號車？

행인　　　: 팔번을 타세요.
路人　　　: 搭 8 號。

최　　　　: 다음 버스는 언제옵니까?
崔　　　　: 下一班車幾點會到？

행인　　　: 곧 도착할 겁니다.
路人　　　: 應該馬上就到了。

會話（三）

최　　　　: 실례지만 어디에서 버스표를 사야합니까?
崔　　　　: 請問要在哪裡買公車票？

행니　　　: 버스 안에서동전를 내시면 됩니다.
路人　　　: 直接在車上投零錢可以了。

최　　　　: 차표 요금은 얼마입니까?
崔　　　　: 車票是多少呢？

행인　　　: 육백원 입니다.
路人　　　: 600 元。

補充句

❶ 근처에 버스 타는곳이 있습니까?
附近有公車站牌嗎？

❷ 이 버스는 어디까지 갑니까?
這班公車去哪裡？

❸ 다음 정거장은 어디 입니까?
下一個站牌是什麼站？

❹ 저는 다음 정거장에서 내려야 합니다.
我要在下一站下車。

❺ 내려주세요.
我要下車。

❻ 하차벨이 어디에 있습니까?
請問下車鈴在哪裡？

❼ 차비는 얼마입니까?
車票多少錢？

替換單字

버스	公車	잔돈；동전	零錢；銅板
정거장	站牌	차비	車費

四　택시 計程車

會話（一）

이　：안녕하세요！국립중앙극장이요.
李　：你好，我要到國立中央劇場。

기사　：어느 길로 갈까요？
司機　：你要走哪一條路？

이　：저는 잘 모릅니다. 그냥 제일 빠른길로가주세요.
李　：我不熟，請走較快的路，謝謝。

기사　：예.
司機　：好的。

會話（二）

기사　：어다까지 모셔다 들릴까요？
司機　：請問要到哪裡？

이　：연세대요, 뒤에 트렁크 좀 열어주세요！
李　：我要到延世大學，可不可以開一下後車廂。

기사　：예, 합석해도 되겠습니까？
司機　：好的，可以共乘嗎？

이　：죄송합니다, 급해서 그러는데요. 그냥 가지요.
李　：對不起，因為在趕時間，可不可以直接去。

기사 : 연세대에 도착했습니다.
司機 : 延世大學到了。

이 : 모두 얼마입니까?
李 : 一共多少錢?

기사 : 모두 팔천육백원 입니다.
司機 : 一共 8600 元。

補充句

❶ 영수증 있습니까?
有收據嗎?

❷ 이곳에 가야합니다.
我要去這個地方。

❸ 택시를 불러주세요.
我要叫車。

❹ 기사 아저씨, 영어하실 줄 아십니까?
司機先生,您會講英文嗎?

❺ 치비는 어떻게 계산하나요?
車資怎麼算?

❻ 물건을 차에다 떨어뜨렸습니다.
你的東西掉在車上了。

❼ 차안에서 담배를 펴도 됩니까?
可以在車內吸煙嗎?

替換單字

익숙	熟悉	비교	比較
빨리	快	트렁크	後車廂
합석	共乘	급하다	趕
모두	一共	돈	錢
원	元		

MEMO

PART 2

일상용어 日常用語

第三章

한국에서

住在韓國

一 호텔에서 在飯店

1 숙박

住宿

會話（一）

김 ： 안녕하십니까? 입실수속을 하려 하는데요.
金 ： 你好，我要辦理住宿手續。

호텔직원 ： 예약 하셨습니까?
飯店人員 ： 請問您有預約嗎？

김 ： 네, 대만에서 전화로 예약을 했습니다.
金 ： 有，我是從台灣打電話預約的。

호텔직원 ： 예, 성함이 어떻게 되십니까?
飯店人員 ： 好的，請問您貴姓？

김 ： 깁지우 입니다.
金 ： 我叫金智友。

호텔직원 ： 여권을 가지고 오셨습니까?
飯店人員 ： 您有帶護照嗎？

김 ： 예, 여기있습니다.
金 ： 有，在這裡。

호텔직원 ： 이 양식에다 기재해 주시고 이곳에 서명도 부탁드립니다.
飯店人員 ： 請填好這一份表格，並在這裡簽名。

김 : 이러면 됐습니까?
金 : 這樣可以嗎？

호텔직원 : 예, 여기 키 받으시구요, 방은 육백팔호 입니다.
飯店人員 : 可以的，這是您的鑰匙，房間是 608 號房。

會話（二）

김 : 실례지만 빈방이 있습니까?
金 : 請問有空房嗎？

호텔직원 : 예, 있습니다. 몇일을 묵으실건지요? 어떤방을 원하십니까?
飯店人員 : 有的，請問您要住幾晚，需要什麼樣的房間？

김 : 일인실을 원합니다. 오일 정도 묵을 예정입니다.
金 : 我要單人房，大概停留五個晚上。

호텔직원 : 우선 이 자료를 작성해 주십시오.
飯店人員 : 請您先填好這份資料。

김 : 예, 알겠습니다.
金 : 好的。

호텔직원 : 실례지만 카드로 하시겠습니까? 현금으로 내시겠습니까?
飯店人員 : 請問您要刷卡還是付現？

김 : 카드로 하겠습니다.
金 : 刷卡。

會話（三）

김 : Check In 해야 하는데요, 예약을 이미 했습니다.
金 : 我要 Check In，之前已經預約過了。

호텔직원 : 입실수속을 다 끝냈습니다.
飯店人員 : 您的住宿手續已經辦好了。

김 : 아침식사도 제공해 주십니까?
金 : 有附早餐嗎？

호텔직원 : 예.
飯店人員 : 有。

김 : 몇 시에 Check Out 해야 합니까?
金 : 幾點退房？

호텔직원 : 오전 열시전에요.
飯店人員 : 早上十點前。

補充句

❶ 침대가 두개있는 이인실로 주세요.
給我一間雙人房，兩張床的房間。

❷ 하룻밤에 얼마입니까?
一個晚上多少錢？

❸ 조금 싼방은 없습니까?
有沒有便宜一點的房間？

❹ 방을 바꿔도 됩니까?
可以換房間嗎？

❺ **호텔안에 보관함이 있습니까?**
飯店有保險箱嗎？

❻ **귀중품을 대신 보관해주실 수 있습니까?**
有代為保管貴重物品嗎？

❼ **죄송합니다. 방이 없습니다.**
抱歉客滿了。

替換單字

입실수속	住宿手續	예약	預約
전화를 걸다	打電話	성함	貴姓
아침식사	早餐	키；열쇠	鑰匙
방；룸	房間	빈	空
살다	住	몇밤	幾晚
필요	需要	일인	單人
자료	資料	카드를 긁다	刷卡
현금을 내다	付現		

2 서비스

客房服務

MP3-23

會話（一）

손님　　：안녕하세요, 여기는　이백삼호실　입니다.
客人　　：你好，這裡是 203 號房。

호텔직원：안녕하십니까? 무엇을　도와드릴까요?
飯店人員：您好，請問需要什麼服務嗎？

손님　　：뜨거운　물좀　가져다　주시겠습니까?
客人　　：請幫我送一壺熱水。

호텔직원：알겠습니다.
飯店人員：好的。

會話（二）

손님　　：안녕하세요, 오백십구호실　입니다. 저 모닝콜　좀　해주세요.
客人　　：你好，我是 519 號房，我要 morning call。

호텔직원：예, 몇　시로　해드릴까요?
飯店人員：好的，請問你要幾點起床？

손님　　：아침　여섯시　삼십분이요.
客人　　：早上六點三十分。

호텔직원：예, 알겠습니다. 내일　정각에　깨워드리겠습니다.
飯店人員：好的，明天我們會準時叫您。

補充句

❶ **내일 아침에 좀 깨워 주세요.**
明天早上請叫我起床。

❷ **옷을 세탁 하고 싶습니다.**
我想送洗衣服。

❸ **여보세요！식사 주문 하려고 하는데요.**
喂！我要點餐。

❹ **제 앞으로 온 메세지가 있습니까？**
有沒有我的留言。

❺ **호텔 편지지 있습니까？**
請問有飯店的信紙嗎？

❻ **타울 하나만 가져다 주십시오.**
請幫我送一條浴巾。

替換單字

주전자	壺	뜨거운 물	熱水
정각	準時		

3 체크 아웃

退房

會話（一）

유　　　：실례합니다, 체크 아웃 할려구요.
劉　　　：麻煩你，我要退房。

호텡직원：예. 알겠습니다. 성함이 어떻게 되십니까? 몇 호실이십니까?
飯店人員：好的，請問您貴姓，住幾號房？

유　　　：칠백오십오호실에 유소영이라고 합니다.
劉　　　：我叫劉小瑛，住 755 號房。

호텔직원：잠시만 기다려주세요. 결제해 드리겠습니다.
飯店人員：請稍等一下，我幫您結帳。

유　　　：카드 됩니까?
劉　　　：請問可以刷卡嗎？

호텔직원：예, 물론입니다.
飯店人員：當然可以。

會話（二）

유　　　：공항까지 가는 택시 한 대만 불러주세요.
劉　　　：請幫我叫計程車到機場。

호텔직원：예, 잠시만 기다려 주세요.
飯店人員：好的，請稍等一下。

유 : 짐좀 옮겨줄 수 있습니까?
劉 : 可以幫我搬行李嗎？

호텔직원 : 물론입니다, 직원을 불러 드리겠습니다.
飯店人員 : 可以，我幫您叫服務員。

補充句

❶ 미리좀 앞당겨서 체크 아웃하고 싶습니다.
我要提前退房。

❷ 계산해 주세요.
請幫我結帳。

❸ 영수증 한장 열어주세요.
請開一張收據給我。

❹ 깜박하고 키를 방에다 놓고 내려왔습니다.
鑰匙放在房間，忘了拿下來了。

❺ 계산서가 조금 틀린것 같습니다.
這份帳單好像有錯。

❻ 냉장고 안에 있는 음료수는 마시지 않았습니다.
我沒有喝冰箱的飲料。

❼ 세탁은 한번 밖에 하지 않았습니다.
我的衣服只有送洗一次。

❽ 국제전화을 사용하지 않았습니다.
我沒有打國際電話。

엘리베이터 안에서

在電梯

MP3-25

會話（一）

유　　　：죄송합니다, 잠시만요.
劉　　　：對不起，請等一下。

호텔직원：몇 층까지 가십니까?
飯店人員：請問到幾樓？

유　　　：칠층이요! 고맙습니다.
劉　　　：七樓，謝謝。

유　　　：죄송합니다. 뒤에 친구 한명이 더 있습니다.
劉　　　：對不起，我還有一個朋友在後面。

호텔직원：네.
飯店人員：好的。

會話（二）

유　　　：실례지만 올라가는 겁니까? 아님 내려가는 겁니까?
劉　　　：請問電梯是上還是下？

최　　　：내려가는 겁니다.
崔　　　：往下。

유　　　：그래요! 전 올라가야 합니다.
劉　　　：謝謝，我是要上樓。

補充句

❶ **실례합니다만 칠층 좀 눌러 주세요.**
對不起，麻煩你，幫我按七樓。

❷ **실례합니다, 좀 지나가겠습니다.**
對不起請借過。

❸ **죄송합니다만 짐을 옮겨야하기 때문에 대신 엘리베이터 버튼좀 눌러주세요!**
對不起，可不可以幫我按一下電梯，我要搬行李。

❹ **왜 갑자기 엘리베이터가 멈췄습니까?**
電梯怎麼突然停了？

❺ **엘리베이터안에 갇혔습니다. 빨리 좀 구해 주세요.**
我們被困在電梯裡了，請快來救我們。

替換單字

엘리베이터	電梯	층	樓

5 손님의 불만

客服抱怨

MP3-26

會話（一）

유　　　：죄송합니다만 제 방에 있는 보일러가 고장입니다.
劉　　　：對不起，我房間的熱水器好像壞了。

호텔직원：알겠습니다. 곧바로 직원을 불러 드리겠습니다.
飯店人員：好的，我馬上安排服務人員過去。

유　　　：빨리 좀 봐주세요. 저 지금 샤워 중입니다.
劉　　　：可以快一點嗎？我正在洗澡。

호텔직원：네, 알겠습니다. 몇 호실입니까?
飯店人員：好的，請問您是幾號房？

유　　　：칠백오십오호실 입니다.
劉　　　：755 號房。

會話（二）

호텔직원：안녕하십니까? 무엇을 도와드릴까요?
飯店人員：您好，有什麼需要服務的嗎？

유　　　：실례합니다, 저는 칠백오십오호실에 손님입니다.
劉　　　：對不起，我是 755 號房的客人。

유 : 아침에 아침식사를 주문 했었는데 아직까지 가져오지 않았습니다.
劉 : 我早上點了一份早餐，到現在都還沒來。

호텔직원 : 대단히 죄송합니다, 주문하신것을 다시 한번 확인해봐도 되겠습니까?
飯店人員 : 非常對不起，我可以再次跟您確認餐點的內容嗎？

유 : 야채 샐러드, 치즈 버거하고쥬스요.
劉 : 一份生菜沙拉、一份起司漢堡、一杯果汁。

호텔직원 : 예, 알겠습니다. 바로 가져다 드리겠습니다.
飯店人員 : 好的，我會立刻為您處理。

補充句

1. 제 방에있는 텔레비전이 고장입니다.
   我房間的電視機壞了。
2. 베개가 하나 모자릅니다
   我房間少一個枕頭。
3. 귀 호텔에 메니저를 만나고 싶습니다.
   我要見貴飯店的經理。
4. 방금 한 직원에 태도가 매우 불친절 했습니다.
   剛剛有位服務生的態度不好。

替換單字

보일러	熱水器	샤워	洗澡
지금	現在	확인	確認
식사	餐點	야채샐러드	生菜沙拉
치즈	起司	버거	漢堡

替換單字

드라이기	吹風機	전화기	電話
문열쇠	門鎖	전등	電燈
점심식사	午餐	저녁식사	晚餐
디저트	點心		

MEMO

二 생활 生活

부동산

找房子（在房屋仲介所）

MP3-27

會話（一）

김 : 안녕하십니까? 집 좀 알아볼려구요.
金 : 你好，我要找房子。

부동산중개인 : 어떤 집을 원하십니까?
房屋仲介員 : 您要找什麼樣的房子？

김 : 원룸이요.
金 : 一個套房。

부동산중개인 : 몇분이 사실겁니까?
房屋仲介員 : 幾個人住？

김 : 저 혼자요.
金 : 一個人。

會話（二）

부동산중개인 : 어느 부근에 집을 찾으제요?
房屋仲介員 : 您要找什麼地點的房子？

김 : 제가 공부하러 왔기때문에, 학교근처에 있었으면 좋겠습니다.
金 : 因為我是來讀書的，所以，希望離學校近一點。

부동산중개인 : 학교가 어디에 있습니까?
房屋仲介員 : 請問學校在哪裡？

김 : 이화여자대학교 입니다.
金 : 梨花女子大學。

부동산중개인 : 알겠습니다, 찾아드릴께요.
房屋仲介員 : 好的，我幫您找找看。

補充句

❶ 조금 싼 집을 찾고 싶습니다.
希望找便宜一點的房子。

❷ 교통이 편한곳으로요.
交通要方便一點。

❸ 학생숙소를 알아보고 있습니다.
我要找學生宿舍。

❹ 욕실설비가 있는 원룸으로 찾아주세요.
我要有衛浴設備的套房。

替換單字

찾다	找	집	房子
간단한	簡單	원룸	套房
한정	限定	지점	地點
공부	讀書	희망	希望
거리	距離		

替換單字

두사람	兩個人	아파트	公寓
빌딩	大廈	시내	市區
일하는곳	上班地點		

MEMO

2 집을 고르다

選房子

MP3-28

會話（一）

송 : 이 집 얼마입니까?
宋 : 這間房子多少錢？

부동산중계인 : 한달에 50 만원입니다.
房屋仲介員 : 一個月 50 萬。

송 : 비싸군요.
宋 : 好貴喔！

부동산중개인 : 관리비가 안에 포함되 있어서 좀 비쌉니다. 하지만 여기는 환경도 좋고 매우 안전합니다.
房屋仲介員 : 因為包含管理費，所以比較貴，不過環境不錯，也很安全。

송 : 다른 집 없습니까?
宋 : 有其他的房子嗎？

부동산중개인 : 한번 더 찾아보겠습니다.
房屋仲介員 : 我再找找看。

會話（二）

부동산중개인 : 이집은 어떻습니까?
房屋仲介員 : 這間房子怎麼樣？

송 : 음, 빛도 많이 들어오고 깨끗한거 같군요.
宋 : 嗯！採光不錯，看起來也很乾靜。

송 : 한달에 집세는 얼마입니까?
宋 : 一個月房租多少錢？

부동산중개인 : 한달에 30 만원이면 됩니다.
房屋仲介員 : 一個月只要 30 萬。

송 : 제 예산보다 조금 초과됐는데요, 좀더 싸게 안됩니까?
宋 : 有點超出預算，可以再便宜一點嗎？

부동산중개인 : 예산이 얼마입니까?
房屋仲介員 : 你的預算是多少？

송 : 이십오만원 입니다.
宋 : 25 萬。

부동산주개인 : 미안합니다! 제일 싸게해도 이십팔 만원은 줘야합니다.
房屋仲介員 : 對不起，最便宜也只能 28 萬。

송 : 그럼 그래요! 이집으로 결정하겠습니다.
宋 : 好吧！我要這一間。

補充句

❶ 보증금을 내야합니까?
要付押金嗎？

❷ 집값에 수도세가 포함 되있습니까?
房租有包含水電費嗎？

❸ 가구도 주나요?
有沒有附家具？

❹ 근처에 교통은 편합니까?
這附近交通方便嗎？

❺ 조금 작은 방도 있습니까?
有小一點的房子嗎？

❻ 다른 집을 좀 보고 싶습니다.
我想再看看別的房子。

替換單字

만	萬	포함	包含
관리비	管理費	환경	環境
안전	安全	빛	採光
깨끗하다	乾靜	집세	房租
초과	超出	예산	預算
싸다	便宜		

替換單字

수도세	水電費	보증금	押金
주방	廚房	공용	公用

3 이웃과에 인사

跟鄰居打招呼

會話（一）

김 : 안녕하십니까? 오늘 방금 이 건물로 이사 왔습니다. 잘 부탁드립니다.
金 : 您好，我今天剛搬進這棟大樓，請多多指教。

이웃 : 안녕하세요! 어디 사시나요?
鄰居 : 您好，您住哪裡啊？

김 : 바로 위층에 삽니다. 엘리베이터쪽에 있는 집이요.
金 : 我住在樓上，靠近電梯的那一戶。

會話（二）

김 : 안녕하십니까? 저는 옆집에 새로 이사 온 사람입니다.
金 : 您好，我是新搬來的鄰居，住在您隔壁。

이웃 : 안녕하세요! 혼자 삽니까?
鄰居 : 您好，您一個人住嗎？

김 : 네, 앞으로 잘 부탁드립니다.
金 : 是的，以後請多多關照。

이웃 : 저도 잘 부탁드립니다.
鄰居 : 哪裡，彼此彼此。

補充句

❶ 이사 온지 벌써 일주일이 됐습니다.
我搬進來已經一個星期了。

❷ 아래층에 삽니다.
我住在樓下。

❸ 친구와 함께 삽니다.
我和朋友一起住。

❹ 집안 식구들과 함께 삽니다.
我和家人一起住。

❺ 저는 유학생 입니다.
我是留學生。

❻ 저는 대만에서 왔습니다.
我從台灣來的。

替換單字

방금	剛剛	이사	搬家
들어오다	進	위층에 살다	住樓上
접근	靠近	옆에	隔壁

쓰레기 버리다

丟垃圾

MP3-30

會話（一）

송 : 안녕하십니까? 실례지만 쓰레기를 어떻게 버려야 합니까?

宋 : 您好，請問一下，這裡的垃圾要怎麼丟？

이웃 : 쓰레기는 우선 분리를 해야 합니다, 일반 쓰레기와 재활용 쓰레기로 분리해서버려야 합니다.

鄰居 : 垃圾要先分類，分成一般垃圾和資源回收的垃圾。

송 : 재활용은 어떻게 나뉘어져 있습니까?

宋 : 資源回收分哪幾種？

이웃 : 종이류, 프라스틱종류, 캔종류, 병종류로 나뉘어져 있습니다.

鄰居 : 分紙類、塑膠類、鋁罐類、玻璃類。

송 : 따로 특별한 쓰레기봉투를 사용해야 합니까?

宋 : 要用特別的垃圾袋裝嗎？

이웃 : 아니요, 일반봉투면 됩니다.

鄰居 : 不用，一般的袋子就可以了。

會話（二）

송　　：실례지만 쓰레기느 어디에다 버려야 합니까?

宋　　：請問一下，垃圾要丟在哪裡？

이웃　：아래층 대문밖에 큰 쓰레기통이 있습니다, 거기에다 버리시면 됩니다.

鄰居　：樓下的大門外，有一個大型的垃圾桶，集中丟在那裡。

송　　：거기있는 쓰레기는 또 누가 처리 합니까?

宋　　：那裡的垃圾又是誰丟呢？

이웃　：따로 처리하는 분이 계십니다.

鄰居　：我們會有專門負責的人清理。

補充句

❶ 실례지만 음식 찌꺼기는 어떻게 버려야 합니까?

請問廚餘要怎麼丟？

❷ 따로 음식 찌꺼기를 버리는 쓰레기통이 있습니까?

有專門收廚餘的垃圾桶嗎？

❸ 쓰레기차가 와서 치워갑니까?

有垃圾車來收嗎？

❹ 옷도 재활용품 입니까?

衣服算不算資源回收？

❺ **대형가구는 어떻게 버려야 합니까?**
大型家具要丟怎麼辦？

❻ **돈을 내야합니까?**
要繳費用嗎？

❼ **쓰레기 모아 놓은곳이 어디에 있습니까?**
垃圾集中放置處在哪裡？

替換單字

쓰레기	垃圾	버리다	丟
씻다	先	분리	分類
일반쓰레기	一般垃圾	재활용쓰레기	資源回收
종류	種類	종이류	紙類
프라스틱종류	塑膠類	캔종류	鋁罐類
병종류	玻璃類	특별한	特別的
담다	裝	집중	集中
전문	負責	치우다	清理

5 물건을 빌리다

借東西

MP3-31

會話（一）

최　　：안녕하십니까? 저는 맞은편에 사는 사람입니다.

崔　　：您好，我是住在對面的住戶。

이웃　：안녕하세요, 무슨일 있으십니까?

鄰居　：您好，有什麼事情嗎？

최　　：전화 좀 빌릴 수 있을까요? 방금 이사와서 아직 전화가 안돼거든요!

崔　　：我可不可以跟您借一下電話，因為剛搬來電話還沒通。

會話（二）

최　　：죄송합니다만. 우리집 수도가 고장입니다, 한번 봐주실 수 있겠습니까?

崔　　：對不起，我家的水管壞了，可不可以請您幫我看一下？

이웃　：미안합니다, 저도 잘 모릅니다.

鄰居　：不好意思，我也不太懂。

최　　：그럼 어떻께하지요?

崔　　：那怎麼辦才好呢？

이웃　：대신 수리공을 불러 드리겠습니다?

鄰居　：我幫你叫工人來修，可以嗎？

최 : 좋습니다, 정말 감사합니다.
崔 : 太好了，真是謝謝你。

補充句

❶ 간장 좀 빌릴 수 있을까요?
我可不可以跟你借一點醬油？

❷ 실례지만 집에 물이 나옵니까?
請問一下你家有停水嗎？

❸ 실례지만 부근에 열쇠방이 있습니까?
請問附近的開鎖匠在哪裡？

❹ 텔레비전 전선이 신호를 받지 못하고 있습니다.
電視機天線收不到訊號。

替換單字

맞은편	對面	주민	住戶
빌리다	借	전화	電話
수리공	工人		

替換單字

소금	鹽巴	우산	雨傘
수도꼭지	水龍頭	등	燈管

6 목욕탕

公共澡堂

MP3-32

會話（一）

이 : 오늘 우리 목용탕에 가서 목욕할까요?
李 : 我們今天去公共澡堂洗澡好嗎？

왕 : 좋아요.
王 : 好啊。

이 : 목욕탕에 처음 가보는건데요 무엇을 준비해야 합니까?
李 : 我第一次洗，要準備些什麼東西呢？

왕 : 갈아입을 속옷하고 수건, 샴푸와 로숀이요.
王 : 換洗的內衣、毛巾、洗髮精、化妝水。

이 : 이렇게 많이 가져가야 합니까?
李 : 要帶這麼多啊？

왕 : 만약 귀찮으시다면, 거기가서 일회용품을 사세요.
王 : 如果嫌麻煩，那邊也有賣小包裝的。

會話（二）

이 : 실례지만 벗은 놓은 어디에다 넣어야 합니까?
李 : 請問一下，脫下來的衣服要放在哪裡？

김 : 개인용품은 저쪽에 있는 옷장에다 넣으세요.
金 : 私人用品放在那邊的櫃子裡。

이 : 죄송하지만 등좀 밀어주세요.
李 : 對不起，我要請人替我搓背。

김 : 알겠습니다, 우선 저쪽에 잠시 누워계세요.
金 : 好的，麻煩你先在那邊躺一下。

補充句

❶ 샤워기가 고장입니다.
這個蓮蓬頭壞了。

❷ 여기 자리 사람있습니까?
請問這裡有人坐嗎？

❸ 실례지만 비누 좀 빌릴 수 있을까요?
對不起，可以跟您借一下肥皂嗎？

❹ 우유 한병 주세요.
我要買牛奶。

❺ 습증기실 온도좀 내릴 수 있습니까?
蒸汽室的溫度可以調低一點嗎？

替換單字

목욕탕	公共澡堂	샤워	洗澡
준비	準備	속옷	內衣
타올	毛巾	벗다	脫
옷	衣服	개인용품	私人用品
옷장	櫃子		

MEMO

三 학교에서 在學校

3 자기소개

自我介紹

MP3-33

會話（一）

유　: 안녕하십니까, 저는 유소영 입니다, 만나서 반갑습니다.
劉　: 你好，我是劉小瑛，很高興認識你。

송　: 안녕하세요, 저는 송명 입니다.
宋　: 你好，我叫宋明。

유　: 저는 대만에서 왔습니다, 당신은요?
劉　: 我是從台灣來的，你呢？

송　: 저는 일본에서 왔습니다, 일본사람 입니다.
宋　: 我是從日本來的，我是日本人。

會話（二）

유　: 안녕하십니까, 성함이 어떻게 되십니까?
劉　: 你好，請問您貴姓？

샘　: 안녕하세요, 저는 샘이라고 합니다.
山姆　: 你好，我叫山姆。

유　: 어느나라 사람입니까?
劉　: 您是哪一國人？

샘　　：저는　독일사람　입니다.
山姆　：我是德國人。

유　　：처음　뵙겠습니다, 잘　부탁드립니다.
劉　　：第一次見面，請多多指教。

補充句

❶ 실례지만　이름이　무엇입니까?
請問你叫什麼名字？

❷ 저의　이름은　유소영　입니다.
我的名字是劉小瑛。

❸ 한국사람　입니까?
你是韓國人嗎？

❹ 몇살입니까?
請問你幾歲？

❺ 저는　어학연수　왔습니다.
我是來遊學的。

❻ 고향이　어디　입니까?
你的家鄉是哪裡？

替換單字

기쁘다	高興	알다	認識
대만	台灣	일본	日本
사람	人	독일	德國

替換單字

미국	美國	프랑스	法國
캐나다	加拿大	영국	英國
태국	泰國		

MEMO

2 친구를 알게되다

認識同學

 MP3-34

會話（一）

유　　: 실례지만 이 자리 사람있습니까?
劉　　: 請問這個座位有人坐嗎？

진　　: 없습니다.
陳　　: 沒有。

유　　: 한국에 언어 배우러 오셨어요? 아님 유학 오셨어요?
劉　　: 你來韓國是學語言，還是留學？

진　　: 유학 왔습니다. 전공은 한국어 입니다. 당신은요?
陳　　: 我是來留學的，主修韓文系。你呢？

유　　: 저는 언어만 배우러 왔습니다.
劉　　: 我只是來學語言的。

진　　: 힘내세요!
陳　　: 加油！

유　　: 그래요! 우리 같이 힘내요!
劉　　: 嗯！我們一起加油。

會話（二）

유 : 한국어을 참 잘하세요！
劉 : 你的韓文講的真好。

사 : 고맙습니다. 전 배운지 벌써 육개월 됐습니다.
史 : 謝謝，我已經學六個月了。

유 : 저는 한국에 온지 일주일 밖에 앉됐습니다. 앞으로 잘 부탁 드립니다.
劉 : 我來韓國才一個星期，以後請多多指教。

補充句

❶ 옆에 앉아도 됩니까？
我可以坐你旁邊嗎？

❷ 옆자리에앉을사람 있습니까？
你旁邊有人坐嗎？

❸ 한국에 오신지 얼마나 됐습니까？
你來韓國多久了？

❹ 어느 대학을 가실 생각입니까？
你計畫讀哪一所大學？

❺ 전공이 무엇입니까？
你主修什麼科系？

❻ 몇학년 입니까？
你是幾年級？

替換單字

자리 : 좌석	座位	배우다	學
언어	語言	유학	留學
전공	主修	한국어과	韓文科系
힘내요	加油	말하다	講
좋다	好	벌써 ; 이미	已經
요일	星期		

MEMO

3 수업

上課

MP3-35

會話（一）

유 : 안녕하세요, 실례지만 이 교실이 한국어 작문 시간입니까?

劉 : 你好，請問這間教室是不是上韓語寫作課？

송 : 아닙니다, 한국어회화 시간입니다.

宋 : 不是，是上韓語會話課。

유 : 여기 오백삼교실 아닙니까?

劉 : 這裡不是 503 教室嗎？

송 : 오백삼교실은 옆교실 입니다.

宋 : 503 教室在隔壁。

會話（二）

유 : 저기! 교과서를 잊어버리고 가져오지 않아서 그러는데 좀 빌려줄 수 있습니까?

劉 : 同學，我忘記帶課本了，可以跟您借一下課本嗎？

송 : 저도 한권밖에 없습니다.

宋 : 可是我只有一本？

유 : 전 단지 빌려서 복사만 할려구요, 수업시간전에 돌려 드리겠습니다.

劉 : 喔！我只是借你的書去影印，上課前會還給你。

송　　　: **그래요！그럼 가져가세요！**
宋　　　: 這樣啊！請拿去用吧。

會話（三）

유　　　: **실례합니다.**
劉　　　: 同學，請問一下。

송　　　: **무슨일이지요？**
宋　　　: 有什麼事嗎？

유　　　: **지난번 수업을 빠져서 그러는데 필기 좀 빌릴 수 있을까요？**
劉　　　: 上堂課我請假沒來，可以跟你借上課筆記嗎？

송　　　: **그럼요！**
宋　　　: 可以啊。

유　　　: **지난번 수업에 선생님이 내주신 숙제가 있습니까？**
劉　　　: 老師上堂課有交代什麼功課嗎？

송　　　: **없습니다.**
宋　　　: 沒有。

補充句

❶ 실례지만 여기가 박교수님 수업이 맞습니까？
請問這是朴教授的課嗎？

❷ 교실을 잘못 찾았습니다.
你走錯教室了。

❸ 이 건물이 아닙니다.
你跑錯大樓了。

❹ 책을 같이봐도 될까요?
我可以跟你一起看書嗎?

❺ 선생님, 시험 있나요?
老師有沒有考試?

替換單字

교실	教室	작문시간	寫作課
회화시간	會話課	잊어버리다	忘記
교과서	課本	오직	只有
복사	影印	아직	還

替換單字

한국어문법	韓語語法	한국어듣기	韓語聽力
위층	樓上	아래층	樓下
숙제	作業	시험	考試

사무실에서

到辦公室辦事情

 MP3-36

會話（一）

유 : 실례합니다.
劉 : 對不起。

송 : 들어오세요, 무슨일 있습니까?
宋 : 請進，請問有什麼事嗎？

유 : 학생의료보험을 재신청 하려고 합니다.
劉 : 我要補辦學生醫療保險。

송 : 필요한 문서는 전부 가져오셨나요?
宋 : 需要的文件你都帶齊了嗎？

유 : 예, 여기 있습니다.
劉 : 有，都在這裡。

會話（二）

유 : 선생님, 질문있습니다.
劉 : 老師，請問一下。

송 : 무슨일이지요?
宋 : 有什麼事？

유 : 학생증을 분실하였는데 어떻해야 합니까?
劉 : 我的學生證遺失了怎麼辦？

송 : 필요한 자료를 가지고 교무자에 가셔 처리 하십시요.
宋 : 你要帶規定的資料到教務處辦理。

유 : 선생님, 고맙습니다.
劉 : 老師，謝謝您。

송 : 다음부터는 조심하고 또 잃어버리면 안돼요!
宋 : 下次要小心一點，別再弄丟了。

補充句

1. 실례지만 김교수님 계십니까?
   請問金教授在嗎？
2. 여권으로도 됩니까?
   護照可不可以？
3. 교실에 마이크가 고장이다고 교수님이 대신 보고하라고 했습니다.
   教室的麥克風壞了，教授要我來報告一下。
4. 장학금 신청을 하고 싶습니다.
   我想申請獎學金。
5. 다른것 더 준비해야 합니까?
   我需要準備其它的東西嗎？

替換單字

재신청	補辦	의료보험	醫療保險
문서	文件	자져오다	帶
학생증	學生證	분실	遺失
교무실	教務處		

MEMO

5 도서관에서

在圖書館

會話（一）

유 : 안녕하세요, 책을 빌리러 왔습니다.
劉 ： 你好，我要借書。

송 : 학생증 가져 오셨습니까?
宋 ： 有沒有帶學生證？

유 : 예, 실례지만 한번에 몇권을 빌릴 수 있습니까?
劉 ： 有，請問一下，一次可以借幾本？

송 : 다섯권이요, 기한은 이주일 입니다.
宋 ： 五本，期限是兩個星期。

會話（二）

유 : 실례합니다, 책을 반납 하러 왔습니다.
劉 ： 對不起，我來還書。

송 : 학생, 책이 연체 됐네요.
宋 ： 同學，你的書逾期了。

유 : 예, 죄송합니다.
劉 ： 是的，對不起。

송 : 다음주 금요일까지 책을 빌려갈 수 없습니다.
宋 ： 你的學生證被停借到下個星期五。

補充句

❶ 실례지만 자습할 수 있는 열람실이 어디에 있습니까?
請問自修的閱覽室在哪裡？

❷ 시청각실이 있습니까?
有視聽教室嗎？

❸ 컴퓨터실은 몇층에 있습니까?
電腦教室在幾樓？

❹ 인터넷에 올라가서 자료를 찾고 싶어서 그러는데요, 어디에 컴퓨터가 있습니까?
我要上網查資料，請問哪裡有電腦？

❺ 실례지만 개인책을 도서관안에 가지고 들어가도 됩니까?
請問個人的書可以帶進圖書室嗎？

❻ 도서관안에 복사하는곳이 어디에 있습니까?
圖書館內哪裡有影印機？

❼ 실례지만 외국주간지가 있습니까?
請問有沒有外文週刊？

❽ 이책 빌려갔는지 확인 좀 해주세요.
我想查一下這本書是否被借出去了。

替換單字

몇권	幾本	기한	期限
연체	逾期	정지	停止

四 우체국을 가다 去郵局

MP3-38

會話（一）

유 : 소포 보내려구요.
劉 : 我要寄包裹。

송 : 항공편으로 보내겠어요? 해운편으로 보내겠어요?
宋 : 你要寄空運還是海運?

유 : 항공편은 얼마입니까?
劉 : 空運多少錢?

송 : 만이천원 입니다.
宋 : 要一萬兩千元。

유 : 해운은요?
劉 : 海運呢?

송 : 팔천원정도 됩니다.
宋 : 差不多八千元。

유 : 그럼 해운으로 보내주세요.
劉 : 那我寄海運好了。

會話（二）

유　　：편지 보내려구요, 몇일정도 걸리지요?
劉　　：我要寄信，大概多久會寄到呢？。

송　　：아마 삼사일정도 걸릴 것입니다.
宋　　：可能要三、四天。

유　　：그렇게 오래 걸리나요?
劉　　：要這麼久喔！

송　　：그럼 빠른 등기로 고류해 보세요!
宋　　：那你要不要考慮寄限時快遞。

유　　：좋아요!
劉　　：好。

補充句

❶ 엽서 한장 주세요.
我要買明信片。

❷ 우표 주세요.
我要買郵票。

❸ 여기안에 있는것은 쉽게 께지는 물건입니다.
這裡面是易碎品。

❹ 실례지만 여기 종이박스 팝니까?
請問這裡有賣紙箱嗎？

❺ 편지봉투 하나 얼마입니까?
信封一張多少錢？

替換單字

보내다	寄	소포	包裹
항공	空運	해운	海運
만	萬	천	千
편지	信	오래	久
고려	考慮	빠른등기	限時快遞

MEMO

五 은행에서 在銀行

MP3-39

會話（一）

유 : 실례합니다, 통장하나 만들고 싶습니다.
劉 : 對不起，我想要開戶。

송 : 여기 양식에 작성 좀 해주십시요.
宋 : 請您填一下這張表格。

유 : 저는 외국인입니다, 신분증명을 여권으로도 가능합니까?
劉 : 我是外國人，證件用護照可以嗎？

송 : 물론입니다. 도장은 가져 오셨습니까?
宋 : 可以的，您有帶印章嗎？

유 : 네.
劉 : 有。

會話（二）

유 : 제가 가지고있는 달러를 한국돈으로 환전해 주십시요.
劉 : 我要把這些美金兌換成韓幣。

송 : 얼마나 바꾸실 겁니까?
宋 : 您要換多少元？

유 : 오늘의 환율은 얼마입니까?
劉 : 今天的匯率是多少？

송 : 저쪽에 있는 고시판에서 확인 해보세요.
宋 : 您可以看那邊的告示牌。

유 : 그럼 천달러 먼저 바꿔주세요.
劉 : 那我先換一千美金。

補充句

1. 돈을 인출해야 합니다.
   我要領錢。
2. 제 통장을 잃어버렸습니다.
   我的存摺遺失了。
3. 제 현금카드를 잃어버렸습니다. 분실신고를 해야합니다.
   我的提款卡不見了，要辦掛失。
4. 제 현금카드 비밀번호를 잊어버렸습니다.
   我忘記我的提款卡密碼了。
5. 온라인신청을 하고 싶습니다.
   我要辦轉帳。

替換單字

작성	填	신분증	身分證
도장	印章	달러	美金
환전	兌換	한원	韓幣
환율	匯率	고시판	告示牌

六　전화를 걸다　打電話

 MP3-40

會話（一）

유　：여보세요！실례지만　이선생님댁　입니까？
劉　：喂！請問是李公館嗎？

송　：그렇습니다，실례지만　누구를　찾으세요？
宋　：是的，請問找哪一位？

유　：장원씨　계십니까.
劉　：張元先生。

송　：잠시만요.
宋　：請等一下。

송　：장원씨，전화　왔습니다.
宋　：張元，你的電話。

C　：여보세요！장원　입니다.
C　：喂！你好，我是張元。

會話（二）

유　：여보세요！실례지만　송원씨　계십니까？
劉　：喂！請問宋元在嗎？

송　：안계십니다. 실례지만　어디세요？
宋　：他不在，請問您哪裡找？

유 : 친구입니다, 송원씨 언제 들어오시나요?
劉 : 我是他朋友，他什麼時候回來？

송 : 좀 늦게 들어올겁니다.
宋 : 可能要到晚上喔！

유 : 메모 좀 남겨 주시겠습니까?
劉 : 我可以留話嗎？

송 : 물론입니다, 잠시만요. 종이와팬 좀 가져올께요.
宋 : 當然，請等一下我去拿紙筆。

송 : 예, 말씀하세요.
宋 : 好，請說。

유 : 저는 장원이라고 합니다. 송원씨 오시면 저한데 연락좀 해달라고 전해주세요. 제 전화는 2218-6518 입니다.
劉 : 我是張元，請他回來後，回電給我，我的電話是2218-6518。

송 : 알겠습니다. 전해 드리겠습니다.
宋 : 好的，我會轉告他。

유 : 고맙습니다. 안녕히 계세요.
劉 : 謝謝你，再見。

송 : 안녕히 계세요.
宋 : 再見。

補充句

❶ 송원씨 좀 바꿔주세요.
請宋元聽電話。

❷ 지금 전화받기 곤란합니다.
他現在不方便接聽電話。

❸ 지금 통화 중 입니다.
他現在通話中。

❹ 잠시후에 전화 드리라고 전해 드리겠습니다.
我請他待會回電給您，好嗎？

❺ 잠시후에 다시 하겠습니다.
我待會再打給他好了。

❻ 급한 일입니다.
我有急事要找他。

❼ 핸드폰 번호 좀 가르쳐주실 수 있겠습니까？
可以告訴我，他的行動電話號碼嗎？

❽ 실례지만 그분에 구내번호가 몇번입니까？
請問他的分機幾號？

❾ 메모 남겨 드릴까요？
你要留話嗎？

❿ 좀 늦게 다시 하세요！
你要不要晚一點再撥？

替換單字

여보세요	喂	이선생님댁	李公館
누구	誰	찾다	找
메모	留話	종이와팬	紙筆
돌아오다	回來	전해주다	轉告

MEMO

MEMO

PART 2

일상용어 日常用語

第四章

물간을 사다

購物

一　시장터　菜市場

야채가게

菜攤

MP3-41

會話（一）

손님　：아줌마, 배추　한근에　얼마입니까?
顧客　：老闆娘，大白菜一斤多少錢？

아줌마　：한근에　천원 입니다.
老闆娘　：一斤 1000 元。

손님　：그렇게　비싸요!
顧客　：這麼貴啊！

아줌마　：안비싸요, 이거　싼거에요.
老闆娘　：不會啦，這個已經很便宜了。

손님　：그럼　콩나물은　얼마에요?
顧客　：那黃豆芽多少錢？

아줌마　：한근에　육백원 입니다.
老闆娘　：一斤 600。

손님　：그럼　콩나물　한근　주세요.
顧客　：請給我一斤黃豆芽。

會話（二）

손님　：아저씨, 양파　있습니까?
顧客　：老闆有沒有賣洋蔥？

아저씨 : 있습니다.
老闆 : 有。

손님 : 저 네개만 주세요. 얼마입니까?
顧客 : 我只要四個就可以了，多少錢？

아저씨 : 천오백원 입니다. 다른 야채도 좀 사세요!
老闆 : 1500 元，再買點其它的菜吧。

손님 : 아니오! 다른건 필요 없어요.
顧客 : 不要了，謝謝。

會話（三）

손님 : 아저씨, 이 김치 어떻게 팔아요?
顧客 : 老闆，這個泡菜怎麼賣？

아저씨 : 한근에 팔천원 입니다.
老闆 : 一斤八千。

손님 : 먹어봐도 되나요?
顧客 : 可以試吃看看嗎？

아저씨 : 그럼요!
老闆 : 可以啊！

손님 : 매워요! 좀 안 매운거 없습니까?
顧客 : 好辣喔！有沒有比較不辣的。

아저씨 : 배추로 만든건 이것밖에 없구요, 아니면 깍두기를 드셔보세요 깍두기는 그리 맵지 않아요.

老闆　：白菜的只有這種的，要不然你試試看蘿蔔泡菜，蘿蔔比較不辣。

손님　：음, 맛있어요！저　이걸로　주세요, 육천원　어치　주세요！
顧客　：嗯！好好吃，我要這一種，請給我 6000 元。

아저씨　：네, 잠깐만요.
老闆　：好，請等一下。

補充句

❶ 오이　얼마입니까？
小黃瓜多少錢？

❷ 두부　하나에　얼마입니까？
豆腐一塊多少錢？

❸ 고추　팔아요？
有沒有賣生辣椒？

❹ 너무　비싸요！
好貴喔！

❺ 좀　싸게 해주세요！
算便宜一點吧！

❻ 이거　다　못　먹어요, 반근만　주세요.
我吃不完這麼多，我只要半斤。

❼ 한다만　사도　됩니까？
買一把可以嗎？

替換單字

아줌마	老闆娘	배추	大白菜
근	斤	얼마	多少
아자씨	老闆	네	四
개	個	김치	泡菜
좀	稍微	맛이있다	好吃的
비싸다	貴	맵다	辣
싸다	便宜	깍두기	蘿蔔泡菜
콩나물	黃豆芽	먹어보다；시식	試吃
양파	洋蔥	김치	泡菜

替換單字

시금치	菠菜	파	蔥
홍당무	紅蘿蔔	가지	茄子
토마토	蕃茄	부추	韭菜

2 과일가게

水果攤

MP3-42

會話（一）

손님　：아저씨, 배　하나　얼마에요?
顧客　：老闆，梨一個多少錢？

아저씨　：한개　칠백원이요. 세개　이천원입니다.
老闆　：一個 700，三個 2000。

손님　：맛있어요?
顧客　：好不好吃呀！

아저씨　：물론　맛있지요!
老闆　：絕對好吃。

손님　：그래요! 그럼　세개　주세요.
顧客　：好，我買 3 個。

아저씨　：복숭아도　맛있어요! 한번　드셔　보시겠어요?
老闆：　要不要吃吃看桃子？很甜很好吃喔！

손님：　좋아요!
顧客：　好啊。

會話（二）

손님　：아저씨, 포도　어떻게　팔아요?
顧客　：老闆，這葡萄怎麼賣？

아저씨 : 한근에 천오백원 입니다.
老闆 : 一斤 1500。

손님 : 하나만 먹어 볼게요.
顧客 : 我吃一顆看看。

손님 : 음! 참 달아요!
顧客 : 嗯！好甜喔！

補充句

❶ 하나 먹어봐도 되나요?
可以試吃看看嗎？

❷ 이거 참 시네요!
這個好酸喔！

❸ 이 사과 생산지가 어디입니까?
這蘋果是那裡產的？

❹ 이거 달아요?
這個甜不甜啊？

替換單字

아저씨	老闆	배	梨
맛있다	好吃	개	個
복숭아	桃子	포도	葡萄

3 정육점

肉攤

MP3-43

會話（一）

손님　：ＬＡ갈비　한근에　얼마입니까?
顧客　：牛小排一斤多少錢?

아저씨　：한근에　삼천원 입니다.
老闆　：一斤 3000 元。

손님　：소골　있습니까? 국거리로 주세요.
顧客　：有賣牛大骨嗎?熬湯用的。

아저씨　：네, 얼머나　드릴까요?
老闆　：有，你要多少錢?

會話（二）

손님　：아저씨! 저　불고기　할때쓰는　돼지고기 주세요. 어느　부분이　맛있어요?
顧客　：老闆我要買烤肉用的豬肉，哪一個部位比較好吃?

아저씨　：비겟살이　좀　있는　삼겹살이　향이좋고 맛있지요!
老闆　：帶一點肥肉的五花肉會比較香。

손님　：그래요! 그럼　삼겹살로　주세요. 사인분 정도　주세요.
顧客　：好，那我買五花肉，請幫我切四個人的份量。

會話（三）

손님　：아저씨, 꽁치 한마리의 얼마입니까?
顧客　：老闆，這一條秋刀魚多少錢？

아저씨　：한번 제어보고요, 한마리 삼천오백원정도 주세요.
老闆　：我秤秤看，這一條 3500 元。

손님　：너무 비싸요!
顧客　：好貴喔！

아저씨　：아니예요!
老闆　：不會啦！

손님　：생선 신선해요?
顧客　：這魚新鮮嗎？

아저씨　：신선합니다!
老闆　：新鮮啊！

補充句

❶ 한거번에 생선 세마리 사는데 좀 싸게해 주세요.
我買三條魚便宜一點可以嗎？

❷ 살코기 주세요!
我要買純瘦肉。

❸ 햄 팔아요?
有賣火腿嗎？

❹ 새우 팝니까?
有沒有賣蝦子？

替換單字

ＬＡ갈비	牛小排	소골	牛大骨
국거리	熬湯	불고기	烤肉
비겟살	肥肉	삼겹살	五花肉
향	香	분량	份量
꽁치	秋刀魚	제보다	秤秤看
신선	新鮮	생선시장	魚市

替換單字

소고기	牛肉	소꼬리	牛尾巴
게	螃蟹	참치	鮪魚
석화	牡蠣	해삼	海參

포장마차

小吃攤

MP3-44

會話（一）

손님 : 아저씨, 순대 이인분하고 파전 세장 주세요!

顧客 : 老闆，給我兩份豬腸米粉、三片煎蔥餅。

아저씨 : 네, 다른건 필요없어요? 우리집 빈대떡도 참 맛있어요!

老闆 : 好的，還要其它的嗎？我的綠豆煎餅也很好吃喔！

손님 : 그래요, 그럼 한장 주세요! 소스 좀 많이 주세요!

顧客 : 好，也來一片吧！調味醬請多給一點。

아저씨 : 네, 모두 사천오백원 입니다.

老闆 : 好，一共是 4500 元。

會話（二）

손님 : 떡볶이 일인분하고 오뎅 일인분 주세요.

顧客 : 我要一份辣椒醬炒年糕，一份甜不辣。

아저씨 : 여기서 드시겠어요 아님 가져 가실건가요?

老闆 : 在這裡吃還是要帶走。

손님 : 여기서 먹을꺼에요.

顧客 : 在這裡吃。

아저씨 : 금방 가져다 드릴게요.
老闆 : 馬上來。

손님 : 아저씨, 국물 한그릇더 주세요.
顧客 : 老闆，請給我加一碗湯。

補充句

❶ 이것이 무엇입니까? 맛있습니까?
這個是什麼？好吃嗎？

❷ 아저씨, 저 찹쌀떡 이천원어치 주세요.
老闆，我要買 2000 元的糯米糕。

❸ 아저씨, 소주 한병 주세요.
老闆，請給我一瓶燒酒。

❹ 빈대떡 있습니까?
有沒有賣綠豆煎餅？

❺ 곱빼기로 주세요.
我要大碗的。

❻ 이인분 주세요.
我要兩人份。

替換單字

소스	調味醬	많다	多
그릇	碗	국물	湯
순대	豬腸米粉	오뎅	關東煮

二 수퍼마켓 超級市場

MP3-45

會話（一）

손님 : 냉동식품 코너가 어디에 있습니까?
顧客 : 請問冷凍區在哪裡？

점원 : 직진해서 오른쪽이요.
店員 : 直走右轉。

손님 : 오늘의 세일상품은 무엇입니까?
顧客 : 今天的特價品是什麼？

점원 : 삽겹살이요.
店員 : 五花肉。

會話（二）

손님 : 어제 사간 통조림인데요, 이거 유통기간이 지났어요.
顧客 : 我昨天買的這個罐頭過期了。

점원 : 영수증 가져 오셨습니까?
店員 : 您有帶收據嗎？

손님 : 네. 여기있습니다.
顧客 : 有，在這裡。

점원 : 새것으로 교환하시겠습니까? 아님 다른 제품으로 바꿔드릴까요?
店員 : 您要換新的，還是要換別的產品。

손님　　: 새것으로　교환　해주시면 됩니다.
顧客　　: 給我換新的就可以了。

補充句

❶ 실례지만　얼음은　어디에　있습니까?
請問冰塊放在哪裡？

❷ 이거　낫개로　사도　됩니까?
這個可以零買嗎？

❸ 계산하는곳이　어디에　있습니까?
結帳處在哪裡？

❹ 바구니는　어디에　있습니까?
購物籃放在哪裡？

替換單字

냉동식품코너	冷凍區	직진	直走
세일상품 ; 특가품	特價品	삼겹살	五花肉
통조림	罐頭	기간이　지나다	過期
영수증	收據	새것	新

替換單字

음료수코너	飲料區	스낵코너	餅乾區
세면용품코너	清洗用品區	야채코너	蔬果區
빗자루	掃把	대걸래	拖把
선물상자	禮盒		

三 편의점 便利商店

MP3-46

會話（一）

손님 ：**담배 한갑 주세요.**
顧客 ：請給我一包煙。

점원 ：**한갑 천원입니다.**
店員 ：一包 1000 元。

손님 ：**라이타 있습니까?**
顧客 ：有賣打火機嗎？

점원 ：**네, 몇개 드릴까요?**
店員 ：有，你要幾個？

손님 ：**하나면 됩니다.**
顧客 ：一個就夠了。

會話（二）

손님 ：**여기 전화카드 팔아요?**
顧客 ：這裡有賣電話卡嗎？

점원 ：**네, 얼마짜리로 드릴까요?**
店員 ：有，你要多少錢的面值？

손님 ：**얼마짜리 있습니까?**
顧客 ：有多少錢的呢？

점원 ：**삼천원, 오천원, 만원짜리 있습니다.**
店員 ：3000、5000、10000 元。

손님　　：오천원짜리　한장　주세요.
顧客　　：我要一張 5000 元的。

補充句

❶ 이　팩스　어떻게　사용합니까?
這個傳真機怎麼用？

❷ 동전　좀　바꿔주실　수　있습니까?
可以換零錢嗎？

❸ 필름　팝니까?
有沒有賣底片？

❹ 오늘　신문　다　팔았습니까?
今天的報紙賣完了嗎？

❺ 현금인출기가　고장인거　같습니다.
這台提款機好像壞了？

替換單字

갑	包	담배	煙
라이타	打火機	몇개	幾個
전화카드	電話卡	현금인출기	提款機

四 전기제품 電器用品

전기제품구입

買電器

MP3-47

會話（一）

점원 : 무엇을 도와드릴까요?
店員 : 請問有什麼需要我服務的嗎？

손님 : 냉장고 한대 사려구요.
顧客 : 我想買一台電冰箱？

점원 : 어떤식에 냉장고를 좋아하십니까?
店員 : 喜歡什麼樣的冰箱呢？

손님 : 혼자 생활하니까 약간 조금만한걸로 사고 싶습니다.
顧客 : 因為我一個人住，所以想買小一點的。

점원 : 이쪽에 있는것은 모두 소형냉장고 입니다. 어떠세요?
店員 : 這些電冰箱都是小型的，您覺得如何？

손님 : 우선 좀 더 보겠습니다.
顧客 : 讓我先看看好了。

會話（二）

손님 : 실례지만 이 텔레비전은 몇 인치짜리 입니까?

顧客 : 請問這一台電視機是幾吋的？

점원 : 십육인치 입니다, 상품소개 해드릴까요?

店員 : 16 吋，需要我幫您介紹嗎？

손님 : 예, 부탁드립니다.

顧客 : 好的，麻煩您。

점원 : 이것은 삼성전자 제품입니다, 텔레비전 자체에 비디오 기능이 있습니다.

店員 : 這一台是三星的產品，電視機本身附錄放影機的功能。

손님 : 리모콘도 있습니까?

顧客 : 有遙控器嗎？

점원 : 예, 있습니다.

店員 : 有。

손님 : 할부 됩니까?

顧客 : 可以分期付款嗎？

점원 : 물론입니다.

店員： 可以。

補充句

1. 보증기한이 얼마동안 입니까?
保證期限是多久？
2. 국산 입니까?
是國產的嗎？
3. 다른 브랜드에 상품이 있습니까?
有其他廠牌的產品嗎？
4. 어떠한 기능이 있습니까?
有哪些功能？
5. 이 버튼은 무슨기능이 있습니까?
這個按鈕是做什麼用的？

替換單字

서비스	服務	냉장고	電冰箱
소형	小型	소형가정	小家庭
원룸	單身套房	텔레비전	電視機
비디오	錄放影機	기능	功能
리모콘	遙控器	할부	分期付款

替換單字

세탁기	洗衣機	에어컨	冷氣機
난로	暖爐	오디오	音響
비디오	錄放影機	카메라	攝影機

2 수리

修理

會話（一）

손님 ： 제 비디오가 고장입니다, 수리 좀 해 주세요.
顧客 ： 我的錄放影機壞了，請幫我修理一下。

점원 ： 예, 한번 볼까요.
店員 ： 好的，我來檢查一下。

점원 ： 이거 해드가 고장입니다.
店員 ： 是磁頭壞掉了。

점원 ： 수리 가능 합니까?
顧客 ： 可以修理嗎？

점원 ： 가능합니다.
店員 ： 可以。

會話（二）

손님 ： 팩스기가 고장입니다. 어디가 고장인지 한번 확인해 주십시오!
顧客 ： 我的傳真機故障，請幫我看一下是哪裡壞掉了？

점원 ： 이거 한번 열어봐야 하겠는데요, 좀 앉아서 기다리세요!
店員 ：我要拆開來檢查，請坐著等一下。

점원 : 여기에 있는 IC 판이 타버렸어요.
店員 : 這裡面的 IC 版燒掉了。

손님 : 수리할 수 있습니까?
顧客 : 可以修理嗎？

점원 : 수리하는것 보다 차라리 새것으로 하나바꾸십시오.
店員 : 這個不好修，換一台新的比較好。

補充句

1. 알마동안 수리해야 합니까?
要修理多久？

2. 원공장 부품이 있습니까?
有原廠的零件嗎？

3. 새것으로 사면 가격을 좀 싸게해 주실 수 있습니까?
如果買新的，這台舊的可以折現嗎？

4. 헌것을 팔아도 되겠습니까?
這台舊的賣給您可以嗎？

5. 조금 싼부품은 없습니까?
有便宜一點的零件嗎？

6. 그냥 사용 할수만있으면 됩니다.
我只要可以用就可以了。

替換單字

수리	修理	검사	檢查
비디오	錄放影機	고장	故障
해드	磁頭	팩스기	傳真機
열다	拆開	IC 판	IC 板
타다	燒	바꾸다	交換

MEMO

3 반품

退貨

 MP3-49

會話（一）

손님 : 저기요, 이 전기밥솥을 어제 사갔는데요 작동이 안됩니다.
顧客 : 小姐，這個電鍋昨天買回去就不能用了。

점원 : 제가 한번 봐드리겠습니다. 보증서는 가져 오셨습니까?
店員 : 我幫您看一下，您有帶保證書嗎？

손님 : 네, 여기있습니다.
顧客 : 有，在這裡。

점원 : 죄송합니다, 좀 고장이 났습니다. 새것으로 교환해드리겠습니다.
店員 : 對不起，是有點故障，我幫您換一台新的。

손님 : 저 사고 싶지않아서 그러는데요, 이거 환불 됩니까?
顧客 : 可以退錢嗎，我不想買了。

會話（二）

손님 : 아저씨, 이 전자랜지 반품하려고 하는데요, 되나요?
顧客 : 老闆，我想要退這台微波爐，可以嗎？

점원　：죄송합니다, 판품은 안됩니다.
店員　：對不起，我們不能退貨。

손님　：구입하고 나서 한번도 쓰지 않았는데요.
顧客　：可是我買回去都沒用過。

점원　：죄송합니다, 저희 회사규정 입니다. 다른제품으로 교환해 드릴 수 있습니다.
店員　：對不起，這是公司規定，你要不要換其他的產品？

손님　：그럼 믹서기로 교환해 가겠습니다.
顧客　：那我換一台果汁機好了。

補充句

❶ 반품 해주세요.
我要退貨。

❷ 여기서 테스트 한번 해보고 싶습니다.
我想先在這裡試一下。

❸ 사갔는데 또 고장이나면 어떻게 합니까?
會不會買回去又壞了。

❹ 사용방법을 가르쳐 주십시오.
請教我使用方法。

❺ 구입할때 부터 보증서를 주지 않았습니다.
我買的時候，你沒給我保證書。

❻ 영수증을 가져왔습니다.
我有帶收據。

替換單字

전기밥솥	電鍋	어제	昨天
못써요	不能用	보증서	保證書
고장	故障	바꾸다	換
새것	新	직접	直接
환불	退錢	전자랜지	微波爐
반품	退貨	규정	規定
기타	其他的	믹서기	果汁機

替換單字

전화기	電話	에어컨	冷氣機
청소기	吸塵器	난로	暖爐

MEMO

운송

運送

MP3-50

會話（一）

손님　：운송서비스가 있습니까?
顧客　：這裡有運送服務嗎？

잠원　：네, 하지만 따로 운송비용을 내셔야 합니다.
店員　：有，可是要另收運送費。

손님　：얼마입니까?
顧客　：多少錢？

점원　：시내는 삼만원이구요, 좀 먼곳은 사만 오천원 입니다.
店員　：如果是在市區的話三萬元，較遠的地方四萬五。

손님　：그럼 헌가전제품들은 어떻게 하지요?
顧客　：那舊的家電怎麼辦？

점원　：저희가 처리 해드립니다.
店員　：我們會幫您運走。

會話（二）

손님　：내일 저녁에 이 주소로 배달 해주십시오.
顧客　：明天晚上請幫我送到這個地址。

점원　：예, 내일저녁 일곱시에 괜찮으시겠습니까?
店員　：好的，明天晚上七點鐘，這個時間可以嗎？

손님 : 예, 집에서 기다리겠습니다.
顧客 : 可以，我會在家裡等。

점원 : 연락할 수 있는 전화번호 하나만 남겨주세요.
店員 : 請留下您的電話，方便我們和您聯絡。

補充句

❶ 저희 집까지 배달해주실 수 있습니까?
可以送到我家嗎？

❷ 설치도 해주실 수 있습니까?
買回去可以幫我安裝好嗎？

❸ 만일 제가 갑가지 외출하면 어떻게 연락해야 합니까?
萬一我臨時出門，該怎麼和您聯絡？

❹ 운송비용안에 헌가구 처리비용도 포함 되어있습니까?
運費有沒有包含清理舊家具的費用？

❺ 만일 집에 없으면 핸드폰으로 연락주십시오.
如果我不在家，請打我的手機。

替換單字

운송서비스	運送服務	운송비용	運送費
시내	市區	조금 먼	較遠的
헌가전	舊家電	주소	地址

五　가구구입 買家具

MP3-51

會話（一）

손님　: 안녕하세요, 침대를 사려구요.
顧客　: 你好，我想要買床。

점원　: 싱글침대요? 아님 더블침대요?
店員　: 您要單人床還是雙人床？

손님　: 싱글침대요.
顧客　: 單人床。

점원　: 이것은 인채공학에 적합한 건강침대 입니다. 어떻습니까?
店員　: 這是符合人體工學的健康床，您覺得如何？

손님　: 그냥 일반침대면 됩니다.
顧客　: 我只要一般的就可以了。

會話（二）

손님　: 저 식탁을 사려구요.
顧客　: 我要買餐桌。

점원　: 어떤 재질을 원하십니까? 식탁 크기는 요?
店員　: 要什麼材質？多大的餐桌？

손님　: 두사람이 사용 할만한거요. 보통 목재 면 됩니다.
顧客　: 兩個人用的，普通木板就可以了。

점원　　: 이거 어떻습니까? 여긴 접힐 수 도있습니다, 매우 실용적이지요.
店員　　: 這一款您覺得如何？這裡還可以折疊，很實用。

손님　　: 음, 괜찮네요. 이걸로 주세요.
顧客　　: 嗯，蠻不錯的，我要買這個。

補充句

❶ 한번 누워봐도 되겠습니까?
我可以試躺看看嗎？

❷ 좀 딱딱한거 같습니다.
我覺得有點硬。

❸ 약간 푹신한 것있습니까?
有柔軟一點的嗎？

❹ 이것 좀 불편한거 같군요.
這個試起來有點不舒服。

❺ DIY 가구도 판매 합니까?
有沒有賣 DIY 的家具？

❻ 현광등 스탠드를 사고 싶습니다.
我想買日光燈的檯燈。

❼ 서랍이 많은 옷장이 있습니까?
我想要抽屜多一點的衣櫃。

❽ 수납장도 팝니까?
有賣收納盒嗎？

替換單字

침대	床	소개	介紹
적합	符合	인체공학	人體工學
건강침대	健康床	유행	流行
식탁	餐桌	재질	材質
보통목재	普通木板	접히다	折疊
실용	實用	옷장	衣櫃

替換單字

탁자	桌子	낮은식탁	矮式餐桌
책장	書架	의자	椅子

MEMO

六 옷을사다 買衣服

입어보다

試穿

MP3-52

會話（一）

손님 : 스커트가 아주 이쁜데요, 한번 입어봐도 되겠습니까?

顧客 : 這件裙子真好看，可以試穿看看嗎？

점원 : 죄송합니다, 세일품목이라 입어보지 못합니다.

店員 : 對不起，這是特價品，所以不能試穿。

손님 : 이옷 혹시 한 사이즈 큰거 있습니까?

顧客 : 這件衣服有沒有大一號的呢？

점원 : 없습니다, 이것이 제일 큰사이즈 입니다.

店員 : 沒有了，這已經是最大的尺寸了。

會話（二）

손님 : 이 스웨터 혹시 다른 스타일도 있습니까?

顧客 : 這件毛衣有其它的款式嗎？

점원 : 네, 여기있습니다.

店員 : 有，在這裡。

손님 : 목티 있습니까?
顧客 : 有套頭毛衣嗎?

점원 : 이 스타일로는 목티가 없습니다.
店員 : 這種款式的沒有套頭毛衣。

손님 : 세탁후에 줄어들지 않습니까?
顧客 : 洗完後會不會縮水啊?

점원 : 아니요.
店員 : 不會。

손님 : 좋아요! 그럼 이걸로 주세요!
顧客 : 好吧,那我買這一件。

補充句

❶ 한사이즈 작을걸로 주세요.
我要小一號的。

❷ 수선 해주나요?
可以修改嗎?

❸ 탈의실이 어디에 있습니까?
試穿間在哪裡?

❹ 좀 진한색상 말고 연한색상 있습니까?
這個顏色有點深,有淺一點的嗎?

❺ 그냥 구경 좀 하겠습니다.
我只是隨便看看。

替換單字

스커트	裙子	이쁘다	好看
입어보다	試穿	특가품	特價品
크다	大	사이즈	尺寸
스타일	款式	목티	套頭毛衣
줄어들다	縮水		

替換單字

웃옷	上衣	바지	褲子
와이셔츠	襯衫	외투	外套
조끼	背心	원피스	連身裙
양장	西裝	양말	襪子
운동복	運動服	잠옷	睡衣
넓다	寬	끼다	緊
길다	長	짧다	短

하자품

瑕疵品

MP3-53

會話（一）

손님　：이옷에　단추　하나가　없습니다.
顧客　：這件衣服上面少一顆釦子。

점원　：새것으로　가져다　드리겠습니다.
店員　：我拿新的給你。

손님　：이옷에　보조단추가　있습니까?
顧客　：這件有附補充的釦子嗎？

점원　：예, 안에　꿰매져　있습니다.
店員　：有，縫在內裡。

會話（二）

손님　：아저씨, 이걸로　주세요!
顧客　：老闆我決定買這一件。

점원　：네, 포장　해드리겠습니다.
店員　：好，我幫你包起來。

손님　：아이고! 아저씨, 이　스웨터　실이　조금 나갔네요.
顧客　：唉啊！這件毛衣的線怎麼脫掉了。

점원　：죄송합니다, 새것으로　바꿔드리겠습니다.
店員　：不好意思，我幫你換一件。

補充句

❶ **여기 더러워졌습니다. 새것으로 주세요.**
這裡髒了，請給我一件新的。

❷ **지퍼가 고장인거 같습니다.**
這個拉鍊有點不好拉。

❸ **이 옷 한번밖에 빨지 않았는데 줄어들었습니다.**
這件衣服我洗一次就縮水了。

❹ **세탁시 색깔이 떨집니까?**
洗的時候會不會脫色？

❺ **집에가서 겨우 발견했는데요, 여기 구멍하나가 났습니다.**
我買回去才發現，這裡破了一個洞。

替換單字

적다	少	한통	一顆
단추	釦子	새것	新的
보충	補充	꿰맴질	縫
안에	內裡		

가격을 깎다

殺價

MP3-54

會話（一）

손님 : 아저씨, 이거 얼마입니까?
顧客 : 老闆，這一件多少錢？

점원 : 육만원 입니다.
店員 : 一件 60000 元。

손님 : 비싸네요! 좀 싸게 안됩니까?
顧客 : 這麼貴啊，可不可以算便宜一點？

점원 : 안비싸요! 뭐가 비싸요!
店員 : 不會啦！怎麼會貴。

손님 : 그런데 저 두벌 사려고 하는데, 한벌에 육만원이면 너무 비싸요.
顧客 : 可是我要買兩件，一件 60000 元真的太貴了。

점원 : 좋아요, 두벌사면 십일만원만 주세요.
店員 : 好吧，買兩件算你 110000 吧。

會話（二）

손님 : 아저씨, 이거 세일해서 얼마입니까?
顧客 : 老闆，這個打折後多少錢？

점원 : 십오만원입니다.
店員 : 150000。

손님 : 너무 비싸요 ! 십이만원에 주세요, 앞으로 자주 올께요 !
顧客 : 好貴喔，算我 120000 吧，我以後會常來買。

점원 : 십이만원은 안되요, 제가 너무 밑져요 !
店員 : 120000 不行，我會賠錢。

손님 : 그럼 십삼만오천원으로 해요 !
顧客 : 那 135000 吧。

補充句

❶ **좀 싸게 해주세요 ! 제가 다른사람 많이 소개해 드릴께요 !**
算我便宜一點吧，我會幫你介紹客人。

❷ **제 예산보다 초과 됐습니다, 제발 좀 싸게 해주세요 !**
超出我的預算，真的不能算便宜一點嗎？

❸ **돈이 좀 모자릅니다, 좀 싸게해주세요 !**
我的錢帶不夠，算便宜一點吧。

❹ **진짜 너무 비싸요 ! 좀 고려 해볼께요 !**
真的太貴了，我考慮看看好了。

❺ **다른곳 좀 둘러보고 오겠습니다.**
我到別家再看看。

❻ **아저씨 물건이 좋다고하는 친구소개로 왔는데요, 좀 싸게 해주세요 !**
我聽朋友介紹，老闆的東西很好才來買的，算便宜一點嘛 !

❼ 이렇게 많이 샀으니까요, 가격을 조금 더 깎아 주세요.

我買這麼多，再多打一點折扣吧？

替換單字

벌	件	너무	太
세일	打折	앞으로	以後

MEMO

七　신발을 사다 買鞋子

MP3-55

會話（一）

손님 : 이 구두 한치수 작은거 있습니까?
顧客 : 這雙皮鞋有沒有小一號的尺寸?

점원 : 몇 사이즈 신으십니까?
店員 : 請問你穿幾號?

손님 : 잘 모르겠습니다.
顧客 : 我也不太清楚耶!

점원 : 저기 바닥에서 한번 제어보세요!
店員 : 您可以到那裡的地板量一下。

會話（二）

손님 : 이 구두의 소재는 무엇입니까?
顧客 : 這雙鞋子是什麼質料?

점원 : 악어가죽 입니다.
店員 : 是鱷魚皮。

손님 : 흰색 있습니까?
顧客 : 有白色的嗎?

점원 : 없습니다. 이 구두는 검은색과 커피색 뿐입니다.
店員 : 沒有,這款鞋子只有黑色和咖啡色。

손님 : 보관하기 힘들지 않습니까?
顧客 : 會不會不好保養?

점원　　: 힘들지 않습니다! 일반 구두약으로 살짝 닦아내시면 됩니다.
店員　　: 不會，用一般的保養油，輕輕擦拭就可以了。

補充句

❶ **좀 작은거 같습니다.**
這雙穿起來有點緊。

❷ **발가락이 좀 불편합니다.**
腳指頭有點不舒服。

❸ **이 신발 좀 크게 늘려주세요.**
你可以幫我把鞋子撐大一點嗎？

❹ **이 신발 신어봐도 되겠습니까?**
我想試穿這雙鞋。

❺ **제 사이즈는 이백삼십 입니다.**
我的尺寸是 230 號。

替換單字

한치수 작은것	小一號	치수 ; 사이즈	尺寸
구두	皮鞋	바닥	地板
제다	量	재질	質料
악어가죽	鱷魚皮	흰색	白色
검은색	黑色	커피색	咖啡色
보관	保養	구두약	保養油
살짝	輕輕	닦아내다	擦拭

八 안경을사다 買眼鏡

會話（一）

손님 : 안경하나 맞춰주세요.
顧客 : 我想要配眼鏡。

점원 : 네, 우선 시력 먼저 검사해 볼까요.
店員 : 好的，我先幫您檢查一下視力。

손님 : 요즘 잘 보이지가 않아요, 도수가 더 높아졌을꺼 같아요!
顧客 : 我最近看不清楚，是不是度數加深了。

점원 : 좌우로 각 백도씩 높아졌습니다.
店員 : 左右眼各加深了一百度。

會話（二）

손님 : 무테안경을 사고 싶습니다.
顧客 : 我想要買無邊的眼鏡框。

점원 : 도수가 너무 높아서 무테안경을 맞추기 힘듭니다.
店員 : 您的度數太深了，可能很難配無邊鏡框。

손님 : 저 그럼 얇은 렌즈로 맞춰도 됩니까?
顧客 : 那我可以選超薄的鏡片嗎？

점원 : 예, 됩니다.
店員 : 可以。

補充句

❶ 저 난시 있습니까?
我有沒有散光？

❷ 콘택트렌즈를 맞추고 싶습니다.
我想配隱形眼鏡。

❸ 식염수 팝니까?
有沒有賣隱形眼鏡藥水？

❹ 색깔이 있는 렌즈로 맞추고 싶습니다.
我想選有顏色的鏡片。

❺ 깨지지않는 렌즈있습니까?
有摔不破的鏡片嗎？

❻ 안경테가 조금 작은거 같습니다.
這副鏡框有點小。

替換單字

안경	眼鏡	검사	檢查
시력	視力	최근；요즘	最近
잘모르다	不清楚	근시	近視
도수	度數	눈	眼睛
안경테	眼鏡框	두께	厚

九　컴퓨터구매 買電腦

會話（一）

손님 : 저 컴퓨터 한대 사려구 왔습니다.
顧客 : 我想要買一台電腦。

점원 : 특별히 잦으시는것이 있습니까?
店員 : 您主要的需求是什麼？

손님 : 메모리 용량을 좀 큰것으로 주세요.
顧客 : 我的記憶體要大一點。

점원 : PC 컴퓨터요? 아님 MAC 컴퓨터요?
店員 : 您是要 PC 電腦，還是 MAC 電腦。

손님 : PC 컴퓨터로 보여주세요.
顧客 : PC 電腦就可以了。

會話（二）

손님 : 최근 컴퓨터 세일하는 상품 없습니까?
顧客 : 最近有沒有特價的電腦？

점원 : 있습니다, IBM 원공장에서 생산한 컴퓨터 입니다.
店員 : 有，這一套是 IBM 的原廠電腦。

손님 : 어떠한 주변상품를 주시나요?
顧客 : 有附加哪些周邊設備？

점원 : 일반모뎀, 스피커, 프린터기를 드립니다.
店員 : 一般的數據機、喇叭、印表機都有。

손님 : 메모리용량은 얼마입니까?
顧客 : 記憶體有多大?

점원 : 육십사 MB 입니다.
店員 : 64MB。

손님 : 얼마입니까?
顧客 : 多少錢?

점원 : 구십만원 입니다.
店員 : 900000 元。

補充句

❶ 저 십칠인치 모니터로 주세요.
我要 17 吋螢幕。

❷ 사운드카드는 안에 설치 되있습니까?
它的音效卡是內建的嗎?

❸ 컴퓨터부품을 사고싶습니다.
我要買電腦零件。

❹ 가격이 좀 낮은 LCD 모니터가 있습니까?
有沒有便宜一點的液晶螢幕?

❺ 보증기한이 얼마동안 입니까?
保固期限是多久?

❼ 메모리용량을 업그레이드 해주세요.
我要擴充記憶體。

替換單字

컴퓨터	電腦	메모리	記憶體
특가품 ; 세일상품	特價的	원공장	原廠
모뎀	數據機	스피커	喇叭
프린터기	印表機		

替換單字

노트북	筆記型電腦	스캐너	掃瞄機
마우스	滑鼠	키보드	鍵盤
하드웨어	硬碟機		

MEMO

十 서점 書店

MP3-57

會話（一）

손님 : 실례지만 중한사전 팝니까?
顧客 : 請問有賣中韓辭典嗎？

점원 : 있습니다, 영어사전 아래 있습니다.
店員 : 有，在英語辭典的下面。

손님 : 실례지만 사전은 어디에 있습니까?
顧客 : 請問辭典類的書放在哪裡？

점원 : 우측코너에 있습니다.
店員 : 放在右邊轉角處。

손님 : 실례지만 한국어학습지 있습니까?
顧客 : 請問有賣韓語學習書嗎？

점원 : 예, 사전 있는곳 옆에 있는 진열장에 있습니다.
店員 : 有，就在辭典類旁邊的架子上。

會話（二）

손님 : 실례지만 이 책 팝니까? 책장에서 찾지 못했습니다.
顧客 : 請問有沒有賣這本書？我在架子上找不到？

점원 : 아마 다 팔렸나보군요.
店員 : 可能是賣完了。

손님 : 여기 있는책 주문도 가능합니까? 이책이 너무 필요하거든요!
顧客 : 這裡可以訂書嗎？我非常需要這本書。

점원 : 됩니다, 연락처와 구입할 서적을 남겨주세요.
店員 : 可以的，請留下您的聯絡方式和購買的書籍。

補充句

❶ 실례지만 이번달 여성중앙 나왔습니까?
請問最新一期的女性中央雜誌發行了嗎？

❷ 외국책도 대신 주문 해주십니까?
可不可以代訂國外的書？

❸ 회원카드를 신청 하고십습니다.
我要申請會員卡。

❺ 문구코너는 어디에 있습니까?
請問文具部在哪裡？

❻ 어디에서 계산 하나요?
請問在哪裡結帳？

替換單字

사전	辭典	아래	下面
책	書	한국어	韓語
학습지	學習書	옆에	旁邊
진열장	架子		

十一　화장품　化妝品

MP3-59

會話（一）

손님　: 실례합니다, 지성피부용 메이컵배이스가 있습니까?
顧客　: 請問一下，有沒有油性肌膚擦的隔離霜。

점원　: 네, 무슨 메이커로 드릴까요?
店員　: 有，您要什麼牌子？

손님　: 하나 추천해 주세요!
顧客　: 請幫我推薦一下。

점원　: 이것은 자외선방지 기능이 있습니다, 한번 발러드릴께요.
店員　: 這一瓶有防曬功能，我幫您試擦一下。

손님　: 고맙습니다.
顧客　: 謝謝。

會話（二）

손님　: 이 립스틱 다른 색깔도 있습니까?
顧客　: 這種口紅有沒有其它的顏色？

점원　: 네, 가져다 드리겠습니다.
店員　: 有，我拿給你。

손님　: 립스틱 발러봐도 되겠습니까?
顧客　: 可以試擦嗎？

점원 : 예, 됩니다. 피부가 하얗니까 분홍색이 어울릴 것 같습니다.
店員 : 可以，您的皮膚比較白，適合擦粉紅色。

補充句

1. 금년에 무슨 색이 유행입니까?
   今年流行的顏色是什麼？
2. 제 피부가 혼합성인데요, 바른후에 여드름이 나지 않을까요?
   我的皮膚是混和性的，擦了會不會長痘痘。
3. 같은 시리즈에 스킨이 있습니까?
   有沒有同系列的化妝水？
4. 이거 세트로 전부 구입하면 증정품을 줍니까?
   買整套有沒有送贈品？
5. 이거 정말 미백효과가 있습니까?
   這真的有美白效果嗎？

替換單字

지성피부	油性肌膚	바르다	擦
메이컵베이스	隔離霜	고정	固定
추천	推薦	피부	皮膚
분홍색	粉紅色		

十二 레코드사 唱片行

會話（一）

손님 : 박지윤의 최신음반 있습니까?
顧客 : 有沒有朴志胤的最新專輯？

점원 : 네, 이층에 있습니다.
店員 : 有，在二樓。

점원 : 음반을 구입하면 스타싸인이 있는 포스터를 준다고 들었는데요!
顧客 : 聽說買他的新專輯有送簽名海報。

점원 : 미안합니다, 다 주고 없습니다.
店員 : 對不起，已經送完了。

會話（二）

손님 : 실례지만 CD 들어볼 수 있는곳이 어디에 있습니까?
顧客 : 請問有 CD 試聽區嗎？

점원 : 저쪽에 있는 진열장 옆에 있습니다.
店員 : 在那邊的架子旁邊。

손님 : 이거 어떻게 사용하는지 좀 가르쳐주세요.
顧客 : 可以告訴我怎麼用嗎？

점원 : 그쪽에 사용방법이 표시 되있습니다.
店員 : 那邊有標示使用方法。

補充句

❶ 클래식음악코너는 어디에 있습니까?
古典音樂區在哪裡？

❷ 팝송 베스트탠이 있습니까?
流行西洋歌曲有排行榜嗎？

❸ 클론에 최신 라이브음반이 있습니까?
我要酷龍的最新專輯演唱會版。

❹ 드라마 VCD 팝니까?
有賣連續劇的 VCD 嗎？

❺ 스타 포스터 팝니까?
有沒有賣明星的海報？

替換單字

최신음반	最新專輯	주다	送
싸인포스터	簽名海報	들어보는곳	試聽區
진열장	架子	옆에	旁邊
사용방법	使用方法		

MEMO

PART 2

일상용어 日常用語

第五章

관광

觀光

一 여행계획 規劃旅行

MP3-61

會話（一）

김 : 이 잡지에 있는 풍경이 매우 아름답습니다！

金 : 這雜誌上的風景好漂亮喔！

이 : 어디좀 봐요. 와！가을 낙엽이 매우 아름답군요！

李 : 我看看，嗯！秋天的楓葉真的好美。

김 : 여행 가고싶어요！

金 : 好想旅行喔！

이 : 맞아요！그럼 우리 다음달에 여행 한번 갈까요！

李 : 是啊！不如我們下個月就來一趟旅行吧！

會話（二）

김 : 제친구하고 여행 가려는데, 같이 가시겠어요？

金 : 我和朋友要一起去旅行，你要不要一起去？

이 : 언제요？

李 : 什麼時候？

김 : 다음달에요.

金 : 下個月。

이 : 그때는 회사가 바쁠시기라 좀 곤란할 꺼 같습니다
李 : 那時候，公司正忙可能不方便。

김 : 휴가내면 안됩니까? 한국에 오셔서 한 번도 여행 안가보셨잖아요!
金 : 不能請假嗎？你來韓國都沒有旅行過。

이 : 그럴까요! 아마 희망은 없을꺼에요. 하지만 시도는 해보겠습니다.
李 : 好吧，雖然我覺得沒希望，但是我試試看。

補充句

❶ 우리 같이 여행 가지 않을래요?
我們一起去旅行好不好？

❷ 강원도 풍경이 매우 아름답다고 하더군요, 우리 같이 여행가요!
聽說江原道的風景很美，我們一起去玩吧！

❸ 다음주에 연휴일때, 우리 같이 야외로 놀러 가요!
下週有連續假期，去郊外走走吧！

❹ 하지만 요즘 좀 바쁩니다. 좀 곤란할꺼 같아요!
可是最近有點忙，可能不方便。

❺ 베낭여행이 단채여행 보다는 재미있을 겁니다.
自助旅行應該比跟團有趣。

❻ 어디 가실 계획입니까?

你計畫去哪裡呢？

替換單字

잡지	雜誌	풍경	風景
이쁘다	漂亮	가을	秋天
낙엽	楓葉	아름답다	美
여행	旅行	바쁘다	忙
휴가	請假		

替換單字

봄	春天	여름	夏天
겨울	冬天	학교	學校
시험	考試		

二 시내 市區

MP3-62

會話（一）

김 ： 너무 심심해요！시내구경 갈까요！
金 ： 好無聊喔！去市內走走吧！

이 ： 좋아요！그런데 우리 어디 갈까요？
李 ： 好啊！可是去哪裡好呢？

김 ： 남대문 아님 명동에 가요！제친구가 그러는데요，그쪽은 매우 볼꺼리가 많다고 하던군요．
金 ： 去南大門或者是明洞吧，我聽朋友說那裡很熱鬧。

김 ： 그럼 우리 가는길에 서울타워도 가봐요！계속 가보고 싶은곳이였거든요！
李 ： 那我們順便去首爾塔好不好，我一直很想去那裡。

김 ： 당연히 좋지요！재미있을 꺼에요！
金 ： 當然好囉！一定很好玩。

會話（二）

김 ： 저 대학로 가는데 같이 가시겠어요？
金 ： 我要去大學路，你要不要一起去？

이 ： 좋아요！듣자하니 그곳은 문화의 거리라고 하더군요！
李 ： 好啊！聽說那裡很有文化氣息。

김　　　：맞아요！저도　그렇게　들었어요，그래서 한번　가보고　싶어요！
金　　　：對啊！我也是這麼聽說，才想去看看。

이　　　：하지만　저도　그곳에　대해　잘모릅니다！
李　　　：可是那裡我不熟耶！

김　　　：괜찮아요！여기　지도　있어요！
金　　　：沒關係，我有帶地圖。

補充句

❶ 남대문이　어디에　있는지　아시나요？
你知道南大門在哪裡嗎？

❷ 경복궁을　구경하고　싶습니다
我想參觀景福宮。

❸ 시내중심지도가　있습니까？
你有市中心的地圖嗎？

❹ 여행자 안내소에　가서　많은　자료을　얻으면 됩니다！
我們可以去旅遊詢問服務中心索取資料。

❺ 저　한국에　고전　건물을구경하고　싶습니다, 어디에　가면　대표적인　것을　볼　수있나요？
我想去參觀韓國古代建築，你知道哪裡比較有代表性嗎？

❻ 어디로　놀러가야　하는지　저한데　좀　추천해주시겠어요？
你推薦我去哪裡玩？

替換單字

심심하다	好無聊	시내	市內
남대문	南大門	명동	明洞
친구	朋友	지도	地圖
서울타워	首爾塔	대학로	大學路

替換單字

박물관	博物館	놀이동산	遊樂場
극장	劇場	영화관	電影院
한강	漢江	민속촌	民俗村

MEMO

三　야외 郊外

會話（一）

김　：다음주에 방학이니 남부에 한번 가보고 싶어요！

金　：下星期放假，我想到南部走一趟。

이　：어디 가실꺼에요？

李　：你想去哪裡呢？

김　：부산이요，항구도시니까 바다도 볼수있고 신선한 해물도 먹을수 있구요！

金　：釜山，那是海港，可以看到海，又可以吃新鮮的海鮮。

이　：어떻게 가실겁니까？

李　：你打算怎麼去呢？

김　：기차 타고 갈껍니다！

金　：坐火車吧！

會話（二）

김　：우리 휴가때 설악산국립공원에 가는거 어때요？

金　：我們到雪嶽山國家公園度假好不好？

이　：좋긴 좋은데요，단채여행으로 가시겠어요？아님 우리끼리 갈가요？

李　：好是好，可是你要跟團還是自助旅行呢？

김 : 우리끼리 가는것이 더 재미있을 꺼에요！그리고 한국말도 배울 수 있잖아요！

金 : 自助旅行應該比較好玩，而且還可以練習韓語。

이 : 맞아요，그럼 우리 이제 여행자료를 찾아볼까요！

李 : 也對，那我們要開始找旅遊資料了。

김 : 제가 호텔하고 교통편에 관한 자료를 찾아볼께요，당신은 여행스케줄을 계획하세요！

金 : 我負責找飯店和交通的資料，你負責安排旅行的行程吧！

補充句

❶ **제주도에 가보았는데요, 참 재미있었어요！**

我去過濟州島那裡蠻好玩的。

❷ **저한데 최신 여행자료가 있습니다.**

我有最新的旅遊資料。

❹ **어느 여행사가 좀 쌉니까？**

哪一個旅行社比較便宜？

❺ **많은 예산을 하지 않았으니 좀 아껴야 합니다.**

我沒有太多預算，所以要省一點。

❻ **당신의 집에서 몇일 살아도 됩니까？**

我可以在你家住幾天嗎？

替換單字

방학	放假	남부	南部
부산	釜山	항구	海港
바다	大海	신선	新鮮
해물	海鮮	기차	火車
설악산국립공원	雪嶽山國家公園	휴가	度假
호텔	飯店	베낭여행	自助旅行
연습	練習	시작	開始

MEMO

PART 2

일상용어 日常用語

第六章

오락

娛樂

一　친구와의 약속 跟朋友約會

MP3-64

會話（一）

김　：내일 시간 있습니까？
金　：你明天有空嗎？

이　：있습니다！무슨일 있습니까？
李　：有空啊！有什麼是嗎？

김　：우리 함께 식사 하러가요！
金　：我們一起去吃飯好不好？

이　：좋아요！몇 시에 만날까요？
李　：好啊！幾點鐘見面？

김　：오후 두시에 집앞에서 기다리겠습니다, 우리 먼저 영화보러 가요！
金　：下午兩點我去你家接你，我們可以先去看個電影。

이　：좋아요, 내일 봐요！
李　：好啊，明天見。

會話（二）

김　：늦어서 죄송합니다！오래 기다리셨어요？
金　：對不起，我遲到了。你等很久了嗎？

이　：괜찮습니다, 저도 방금 도착했습니다.
李　：沒關係，我也是剛到。

김　：그럼 이렇게해요！제가 사과하는 뜻으로 커피 살께요！
金　：這樣吧，為了表示歉意，我請你喝咖啡。

이 : 아니에요！그럼 제가 미안하잖아요！
李 ： 不用了，那太不好意思了。

김 : 그런 말씀마세요, 가요！
金 ： 別這麼說，走吧。

補充句

❶ 토요일 저녁에 함께 영화보러 가지 않으시겠어요？
禮拜六晚上一起去看電影好嗎？

❷ 언제 시간 있어요？
你什麼時候有空？

❸ 죄송해요！요즘 일이 너무 바빠서 별로 시간이 없어요.
對不起，最近工作很忙，所以比較沒空。

❹ 어디에서 만날까요？
我們約在哪裡好呢？

❺ 내일 함께 도서관에 가서 자료 찾아요！
明天一起去圖書館找資料吧！

❻ 우리 두사람밖에 없습니까？
只有我們兩個人嗎？

❻ 다른 친구를 데리고 가도 되겠습니까？
我可以帶其它的朋友一起去嗎？

替換單字

내일	明天	시간	時間
무슨	什麼	집	家；房屋
앞	前面	방금	剛才；剛剛
식당	餐廳	만나다	見面
오후	下午	영화	電影
지각	遲到	기다리다	等
사과	歉意		

MEMO

二 노래부르다 唱 KTV

MP3-65

會話（一）

이 ： 노래 부르는거 좋아하세요？
李 ： 你喜不喜歡唱歌？

김 ： 그럼요！대만에서 친구들이 모두 저한데 가수왕 이라고 하는걸요！
金 ： 喜歡啊！在台灣我的朋友都說我是歌后呢！

이 ： 정말요？그럼 언제 함께 노래 부르러 가요！
李 ： 真的嗎？那改天一起去唱歌吧！

김 ： 좋아요！다른 친구들도 함게가서 부르면 더욱 재미있을꺼에요！
金 ： 好啊！多找一些朋友會比較好玩！

會話（二）

김 ： 우리 노래방에 가서 노래 부를까요？
金 ： 我們去 KTV 唱歌好不好？

이 ： 좋아요！하지만 저 한국노래 부를줄 모르는데요！
李 ： 好主意，可是我不會唱韓文歌耶！

김 ： 제가 알기에 저기 노래방에 중국노래도 있어요！
金 ： 知道那邊有一家 KTV 好像有中文歌。

김　　　　：정말이요！그럼　우리　빨리　가요！
金　　　　：真的嗎！那我們趕快去唱好了。

補充句

❶ 한국노래　한곡　새로　배웠습니다
我新學會了一首韓文歌曲。

❷ 저　노래　잘　못합니다！
我唱歌不好聽。

❸ 괜찮아요, 가요제에　참가　하는것도　아니고　그냥　놀러가는거잖아요！
沒關係，只是去玩又不是歌唱比賽。

❹ 한국어는　노래　부르면서　배우면　효과가　더　좋아요！
唱歌學韓語效果會更好喔！

❻ 중국노래　있습니까？저　아직　한국노래　잘　못해요！
有中文歌曲嗎？韓文歌我還不太會。

❼ 저도　한번　따라　불러　보겠습니다.
我跟著一起唱唱看。

替換單字

노래부르다	唱歌	가수왕	歌后
중국노래	中文歌	한국노래	韓文歌

三 쇼핑 逛街

백화점

百貨公司

會話（一）

이　　：우리 롯데백화점에 가서 쇼핑 할까요！
李　　：我們去逛樂天百貨公司吧！

김　　：뭐 사고싶은것 있습니까？
金　　：有什麼要買的東西嗎？

이　　：아니요！지금 거기 세일이라고 해서 구경이나 하러 가게요！
李　　：沒有，只是那裡正在打折，所以想去逛逛。

김　　：좋아요！그런데 언제 가실 겁니까？
金　　：好啊，可是你要什麼時候去呢？

이　　：좀있다 점심식사 후에요.
李　　：待會兒吃完午飯。

會話（二）

이　　：실례지만 여기 아동복은 몇층에 있습니까？
李　　：請問童裝部在幾樓？

점원　：오층이요！
店員　：五樓。

이　　　　: 어디에 놀이시설이 있습니까?
李　　　　: 那裡有附設遊樂設施嗎？

점원　　　: 없습니다. 하지만 오락실은 십층에 있습니다.
店員　　　: 沒有，可是有遊樂場在十樓。

이　　　　: 아, 그래요! 고맙습니다!
李　　　　: 喔！謝謝你！

補充句

❶ 실례지만 엘리베이터는 어디에 있습니까?
請問電梯在哪裡？

❷ 여기 식당가가 있습니까?
這裡有美食街嗎？

❸ 저에게 친구가 준 상품권이 있습니다.
我有朋友送的禮券。

❹ 이 쿠폰 사용해도 됩니까?
這張折價券可以用嗎？

❺ 다른 백화점에 가서 쇼핑하고 싶습니다.
我想去別家百貨公司逛逛。

❻ 침구는 몇 층에 있습니까?
請問寢具在幾樓？

❼ 화장실은 어디에 있습니까?
洗手間在哪裡？

替換單字

백화점	百貨公司	세일	打折
아동복	童裝部	놀이시설	遊樂設施
오락실	遊樂場		

替換單字

화장품코너	化妝品部	가전제품부	家電部
남성복코너	男裝部	침구	寢具
문구코너	文具部	운동복	運動服

MEMO

2 시장

市場

會話（一）

김　　: 오늘 방학이니 저와 같이 장보러가요, 제가 맛있는 대만요리를 만들어 드릴께요！

金　　: 今天放假陪我去買菜吧，我做幾道台灣菜讓你嚐嚐。

이　　: 정말이요！제가 먹을 복은 있나봐요！

李　　: 真的嗎，太好了，看來我有口福了。

김　　: 음식이 입맛에 맞지 않으면 어떻게 하지요？

金　　: 希望你不會吃不慣。

이　　: 안그래요！저 가끔 중화요리식당에 가서 식사하고 그래요！

李　　: 不會啦！我偶爾也會去中華料理店吃飯。

김　　: 와！시장에 참 사람이 많군요！

金　　: 哇！菜市場人好多！

이　　: 오늘 휴일이라 그럴꺼에요！

李　　: 可能是因為假日的關係吧！

會話（二）

김 ： 저쪽에 떡볶이 파는데 드실겠어요？
金 ： 那裡有賣辣椒醬炒年糕，你要不要吃？

이 ： 아니요！안먹을래요！
李 ： 謝謝，我不要。

김 ： 왜요？그거 맛있어요！안드셔보셨어요？
金 ： 為什麼？那個很好吃耶！你沒吃過嗎？

이 ： 먹어봤는데，너무 매워요！
李 ： 有吃過，但是那個太辣了。

김 ： 그럼 다른거 드세요！
金 ： 那你吃別的好了。

補充句

❶ 저 시장에 가서 장보고 올께요！
我要去菜市場買東西。

❷ 시장안에 분식집 하나 있는데요, 그집 음식 참 맛있어요！
市場裡面有一家小吃店，賣的東西很好吃。

❸ 시장에가서 배추 한통만 사다 주시겠습니까？
幫我去市場買一顆白菜好嗎？

❹ 저 시장에서 재미있는 물건 하나 샀어요！
我在市場買了這個好玩的東西。

替換單字

맵다	辣	먹어보다	嚐嚐
습관	習慣	가끔	偶爾
중화요리	中華料理	휴일	假日

MEMO

길에서 아는사람을 보다

遇到認識的人

MP3-68

會話（一）

최 : 안녕하세요！이선생님 아니십니까？
崔 : 嗨！你好，你不是李先生嗎？

이 : 안녕하세요！여기에서 보내요！
李 : 你好！真巧在這裡遇到你。

최 : 쇼핑하러 오셨어요？
崔 : 你也是來逛街嗎？

이 : 아니오！약속 있어서요, 여기서 만나기로 했거든요！
李 : 不是，我約了人，在這裡碰面。

최 : 그럼 우리 다음에 연락합시다, 다음에 봅시다！안녕히 가세요.
崔 : 那我們改天再聊好了，再見。

이 : 네, 다음에 뵈요！
李 : 好，改天見。

會話（二）

이 : 실례지만 유소영씨 맞지요？
李 : 請問您是劉小瑛吧！

유 : 네, 누구세요？
劉 : 是，請問您是……。

이　　：저 언어학원 같은반 친구 이명입니다.
李　　：我是語言學校的同學，李明。

유　　：아！생각났어요, 안녕하세요！오래간만입니다！
劉　　：啊！我想起來了，你好，好久不見。

이　　：요즘 바쁘세요?
李　　：你現在都忙些什麼？

유　　：저 아직 공부하고 있어요, 내년에 졸업이구요.
劉　　：我還在唸書，明年就快畢業了。

이　　：너무 좋아요！또 만나서 너무 반갑네요.
李　　：真好，很高興能再遇到你。

유　　：저도요！
劉　　：我也是。

補充句

❶ 전화번호 하나 주세요！
可以給我你的電話嗎？

❷ 이것이 저의 연락처 입니다.
這是我的聯絡方式。

❸ 연락 꼭 하셔야합니다.
有空要保持聯絡喔！

❹ 지금 어디에서 일하세요?
你現在在何處高就？

❺ 저 지금 한 대만회사에서 일하고 있어요.
我現在在一家台灣公司上班。

替換單字

다음에	改天	만나다	遇
언어학교	語言學校	공부	唸書

MEMO

四 운동 運動

會話（一）

유 ： 운동 좋아하세요?
劉 ： 你喜歡運動嗎？

이 ： 싫어하지는 않아요！
李 ： 不討厭啦！

유 ： 오늘 날씨도 좋은데 우리 농구하러 가요！
劉 ： 今天天氣這麼好，我們去打籃球好不好？

이 ： 하지만 저 농구 못합니다！
李 ： 可是我不會打籃球耶！

유 ： 그럼 우리 공원에 가서 산보해요.
劉 ： 那我們去公園散步好了。

會話（二）

유 ： 요즘 저 살찐거 같아요！
劉 ： 我最近好像胖了。

이 ： 그런거 같군요！
李 ： 好像有一點喔！

유 ： 내일부터 저 단식하면서 다이어트 할 꺼에요！
劉 ： 明天開始我要節食減肥。

이　　　：그럼 몸에 안좋아요, 운동하면서 다이어트 하는것이 건강에 제일 좋아요！
李　　　：那樣對身體不好，運動減肥才健康。

유　　　：그럼 어떤 운동이 좋을까요？
劉　　　：那該做什麼運動好呢？

이　　　：수영이나 조깅이 좋아요！
李　　　：游泳或者慢跑吧！

補充句

❶ 운동 좋아하십니까？
你喜歡什麼運動？

❷ 저 수영 잘합니다
我擅長游泳。

❸ 근처 어디에 운동장이 있습니까？
附近哪裡有運動場呢？

❹ 농구공 좀 빌릴 수 있을까요？
我可以跟你借一下籃球嗎？

❺ 우리 에어로빅 배우러 가요！재미있을꺼 같아요！
我們去學韻律舞吧！那一定很有趣。

❻ 배드민턴좀 가르쳐 주세요！
你可以教我打羽球嗎？

替換單字

좋아하다	喜歡	운동	運動
싫다	討厭	날씨	天氣
농구	籃球	공원	公園
배드민턴	羽毛球	조깅	慢跑
마감；끝	完；結束	뚱뚱하다	胖
다이어트	減肥	몸	身體
건강	健康	수영	游泳

MEMO

五 전람회관람 看展覽

MP3-70

會話（一）

이 : 입장표는 어디에서 사야합니까?
李 : 請問門票在哪裡購買？

직원 : 전시회장 앞에있는 매표소에서요.
服務員 : 展覽會場前面的售票亭。

이 : 학생표도 있습니까?
李 : 有賣學生票嗎？

직원 : 네, 하지만 학생증을 제시해야 합니다.
服務員 : 有，可是要憑學生證。

會話（二）

이 : 실례지만 전람해설원이 있습니까?
李 : 請問有導覽解說員嗎？

직원 : 네, 하지만 저희는 단채손님에게만 해설서비스가 있습니다.
服務員 : 有，可是我們只有對團體提供解說的服務。

이 : 그럼 팜플레이 있습니까?
李 : 那有沒有導覽手冊呢？

직원 : 네, 기념품 판매부에서 팔아요!
服務員 : 有，在紀念品販賣部有賣。

이 : 판매부가 어디에 있습니까?
李 : 販賣部在哪裡？

직원 : 출구 옆에 있습니다.
服務員 : 在出口的左手邊。

補充句

❶ 해설서비스는 하루에 두번 있습니다.
我們的解說服務每天有兩場。

❷ 실례지만 개관시간이 몇시에서 몇시까지 입니까?
請問開館時間是幾點到幾點？

❸ 실례지만 언제부터 휴관입니까?
請問什麼時候休館？

❹ 입장표는 한장에 얼마입니까?
門票一張多少錢？

替換單字

입장표	門票	구매	購買
전람회장	展覽會場	매표소	售票亭
학생표	學生票	단체	團體
제공	提供	기념품	紀念品
판매부	販賣部	출구	出口

六 극장공연관람 看劇場表演

MP3-71

會話（一）

이 : 학교에 붙여있는 포스터를 봤는데, 러시아발래단이 한국에 와서 공연을 한답니다.

李 : 我看學校的海報，有俄羅斯的芭蕾舞團來韓國表演耶？

김 : 정말요? 러시아발래단는 매우 유명하잖아요, 그들에 공연은 분명히 화려할 것입니다.

金 : 真的嗎？俄羅斯的芭蕾舞很有名，他們的表演一定很精采。

이 : 보러 가실 겁니까?

李 : 你要去看嗎？

김 : 공연이 언제인가요?

金 : 什麼時候演出呢？

이 : 아마 다음주 금요일 저녁에 예술의전당에서 공연할 것입니다.

李 : 好像是下個星期五晚上在藝術之殿堂。

김 : 우선 예약해야 하나요?

金 : 要預先訂票嗎？

이 : 전화해서 문의 해볼께요!

李 : 我打電話問問看。

會話（二）

이　　: 뮤지컬 좋아하세요?
李　　: 你喜歡看舞台劇嗎？

김　　: 예, 예전에 대만에서 자주 보러 다녔어요.
金　　: 喜歡，以前在台灣常看。

이　　: 저한데 표가 두장 있습니다, 같이 가시겠어요?
李　　: 我有兩張票，陪我去看好嗎？

김　　: 물론입니다! 무료로 공연을 관람할 수 있는데, 어떻게 지나칠 수 있겠어요!
金　　: 當然好哇！有免費的表演可以看，怎麼能錯過呢！

이　　: 하지만 망원경을 준비해야 해요! 자리가 좀 뒤에 있거든요.
李　　: 可是要自備望遠鏡喔！因為聽說座位很後面。

補充句

❶ 실례지만 프로그램표가 있습니까?
請問有沒有節目單？

❷ 중간에 휴식시간이 있습니까?
中場有沒有休息時間？

❸ 기념품을 팝니까?
有賣紀念品嗎？

❹ 입구가 어디에 있습니까?
請問入口在哪裡？

替換單字

포스터	海報	뮤지컬	舞台劇
화려하다	精彩	무료	免費
공연	表演	지나치다	錯過
망원경	望遠鏡		

MEMO

七 영화관람 看電影

MP3-72

會話（一）

김 ： 저기요, 표 두장 주세요! 중간쯤에 있는 자리로 주세요.
金 ： 小姐，我要買兩張票，靠中間的位置。

직원 ： 중간에는 이미 빈자리가 없습니다, 좀 뒷자리도 괜찮겠습니까?
服務員 ： 中間已經沒有空位了，後面一點好嗎？

김 ： 잘 보이지 않을거 같아서요, 그럼 앞자리로 주세요.
金 ： 我怕看不清楚，請給我前面一點的位置。

직원 ： 만원입니다
服務員 ： 一共 10000 元。

김 ： 여기있습니다.
金 ： 在這裡，謝謝。

會話（二）

김 ： 죄송합니다만 이 자리는 제 자리 입니다.
金 ： 對不起，這是我的座位。

이 ： 아닌데요! 제 자리가 십일A 맞는데요, 여기보세요!
李 ： 不對啊！我的座位是 11A 沒錯啊，你看！

김 : 이건 십칠A 입니다.
金 : 這應該是 17A 才對。

이 : 앗! 정말 죄송합니다, 제가 잘못봤습니다.
李 : 啊!真是不好意思,我看錯了。

김 : 괜찮습니다.
金 : 沒關係。

補充句

❶ 요즘 재미있는 영화 합니까?
最近有什麼好看的電影嗎?

❷ 실례합니다, 좀 지나가겠습니다.
對不起,借過?

❸ 자리 좀 바꿔 주실 수 있겠습니까?
我可以跟你換位子嗎?

❹ 죄송합니다, 제 앞을 막지 말아주세요!
對不起,你擋住我了。

❺ 죄송합니다, 잘 들리지 않아서 그러는데요, 조용히 좀 해주십시오,
對不起,請保持安靜,我聽不清楚。

替換單字

표	票	두장	兩張
중간	中間	보다	看
자리	座位	빈자리	空位
뒤에	後面		

替換單字

성인표	成人票	팝콘	爆米花
핫도그	熱狗	구운오징어	烤魷魚
군밤	烤栗子		

MEMO

PART 2

일상용어 日常用語

第七章

식당에서

在餐廳

一 예약 訂位

MP3-73

會話（一）

유 : 여보세요! 예약을 하려고 합니다.
劉 : 喂，你好，我要訂位。

직원 : 실례지만 몇분이세요? 언제요?
服務員 : 請問幾個人？什麼時候？

유 : 세사람이요, 이번주 토요일 오후에요.
劉 : 三個人，這個星期六下午。

직원 : 알겠습니다, 성함이 어떻게 되시나요?
服務員 : 好的，請問您貴姓？

유 : 유소영이라고 합니다.
劉 : 我叫劉小瑛。

會話（二）

유 : 실례지만 오늘 저녁 자리 있습니까?
劉 : 請問今天晚上有空位嗎？

직원 : 죄송합니다, 오늘 빈자리가 없습니다.
服務員 : 對不起，目前沒有空位。

직원 : 그럼 기다리시겠습니까?
服務員 : 您要在這邊等嗎？

유 : 한번 생각해 보구요!
劉 : 我再考慮一下，謝謝您。

補充句

❶ **금연실에 자리하나 남겨주세요.**
請給我留非吸煙區的位子。

❷ **우리 사람이 많아서 그러는데요, 실례지만 빈룸 있습니까?**
我們人數比較多，請問有包廂嗎？

❸ **전에 자리를 예약했는데요, 취소하고 싶습니다.**
我之前有訂位，我想要取消。

❹ **몇 시까지 영업하나요?**
請問你們營業到幾點？

❺ **식당위치가 어디에 있습니까?**
餐廳的地點在哪裡？

❻ **어른 셋하고 아이 하나요.**
我們有三個大人一個小孩。

❼ **만약에 늦게 도착 하면 몇 시까지 자리를 보류해 주시나요?**
如果遲到的話，位子保留多久？

替換單字

예약	訂位	몇분	幾個人
빈자리	空位	고려；생각	考慮

二　양식당　西式餐廳

會話（一）

직원　：무엇을　드시겠습니까？
服務員　：請問您要點些什麼？

이　：메뉴　먼저　보구요！
李　：先讓我參考一下菜單。

직원　：실례지만　주문　받아도　되겠습니까？
服務員　：請問可以點菜了嗎？

이　：스테이크　하나　주세요，음료는　커피로 주시구요.
李　：請給我一份牛排，附餐要冰咖啡。

會話（二）

이　：뭘　먹어야하는지　모르겠어요，하나　추천　해주세요.
李　：我不知道點什麼，你可以推薦一下嗎？

직원　：그럼　라스탑을　드셔보세요，많은　손님들이　좋아합니다！
服務員　：那您可以試試看我們的龍蝦，很多客人都喜歡吃。

이　：좋아요！
李　：好。

會話（三）

이 ： 실례합니다, 나이프와 포크 하나만 더 주세요.
李 ： 對不起，請再給我一份刀叉。

직원 ： 네, 바로 가져다 드리겠습니다.
服務員 ： 好的馬上來。

이 ： 이 후추가루병은 어떻게 사용합니까？
李 ： 這瓶胡椒粉要怎麼使用？

직원 ： 입구을 아래쪽에다 대고 돌려주시면 됩니다.
服務員 ： 開口朝下旋轉底部。

이 ： 고맙습니다. 죄송한데요, 물좀 더주세요！
李 ： 喔！謝謝，不好意思，請再幫我加點水。

補充句

❶ 메뉴 좀 소개 해주세요！
請幫我介紹一下你們的菜單。

❷ 이 요리의 주 제료는 무엇입니까？
這一道菜主要食材是什麼？

❸ 식사 후에 디저트도 있습니까？
有沒有附餐後甜點？

❹ 오늘의 특별메뉴는 무엇입니까？
今天的特餐是什麼？

替換單字

주문	點菜	스테이크	牛排
추천	推薦	손님	客人
나이프; 포크	刀；叉	후추가루	胡椒粉
돌다	旋轉	아래쪽	底部
메뉴	菜單		

MEMO

三 한식당에서 在韓式餐廳

MP3-75

會話（一）

직원 : 어서오세요, 몇분이세요?
服務員 : 歡迎光臨，請問有幾位？

이 : 두사람이요.
李 : 兩位。

직원 : 무엇을 드시겠습니까?
服務員 : 要點些什麼？

이 : 소고기,LA 갈비, 삼겹살 이인분씩 주세요.
李 : 請給我兩人份的牛肉、牛小排和五花肉。

직원 : 예, 바로 가져다 드리겠습니다.
服務員 : 好馬上來。

會話（二）

직원 : 죄송합니다, 현재 자리가 없습니다. 좀 기다리세요, 저쪽에 있는 손님 곧 다 드셔가니까요!
服務員 : 對不起，目前沒有座位，您要不要等一下，那邊的客人快吃完了。

이 : 네, 잠깐 기다리지요!
李 : 好，我等一下好了。

직원　　: 우선 주문 부터 하세요, 그래야 좀 빠르지요!
服務員　: 您可以先點餐，這樣比較快。

이　　　: 네, 비빔밥하고 김치찌개 주세요.
李　　　: 好，我要一份拌飯和泡菜鍋。

직원　　: 술 들릴까요?
服務員　: 需要酒嗎？

이　　　: 네, 소주 한병 주세요.
李　　　: 好，請給我一瓶燒酒。

補充句

❶ 김치 좀 더 주세요.
請再給我一點泡菜。

❷ 물 한잔만 주세요.
請給我一杯水。

❸ 상추 좀 더 주세요.
請多給我們一點生菜。

❹ 컵 하나 더 주세요.
再給我一個杯子。

❺ 테이블 좀 치워주세요!
可以幫我清一下桌子嗎？

替換單字

어서오세요	歡迎光臨	소고기	牛肉
L A갈비	牛小排	삼겹살	五花肉
빈자리	空位	비빔밥	拌飯
김치찌개	泡菜鍋	소주	燒酒

替換單字

떡국	米糕片湯	냉면	冷麵
삼계탕	蔘雞湯	소고기국	牛肉湯

MEMO

四 중화요리식당에서 在中華料理店

MP3-76

會話（一）

이　　：짬뽕 하나 주세요.
李　　：我要一碗炒碼麵。

직원　：죄송합니다, 오늘 짬뽕 다 팔았습니다.
服務員：對不起，今天的炒碼麵賣完了。

이　　：그럼 울면 주세요.
李　　：那我要一碗大鹵麵。

직원　：하나면 되나요? 군만두 하나 안드시겠어요?
服務員：這樣就好了嗎？要不要來一盤煎餃。

이　　：좋아요, 하나 주세요!
李　　：好，來一盤吧！

會話（二）

이　　：빈자리 있습니까?
李　　：還有空位嗎？

직원　：네, 앉으세요, 무엇을 드시겠습니까?
服務員：有，請裡面坐，要點些什麼？

이　　：탕수육 있습니까?
李　　：有糖醋肉嗎？

직원　：네.
服務員：有。

이 : 치킨 있습니까?
李 : 也有炸雞嗎?

직원 : 오늘은 치킨이 없습니다.
服務員 : 不，今天沒有炸雞。

補充句

❶ 저기요, 양파좀 더주실 수 있습니까?
老闆，可以再給我一碟洋蔥嗎?

❷ 사이다 있습니까?
有沒有汽水?

❸ 작은 접시 하나만 주세요.
請給我一個小碟子。

❹ 간장하고 참기름 있습니까?
有醬油和麻油嗎?

❺ 단무지 있습니까?
有沒有黃蘿蔔?

替換單字

짬뽕	炒碼麵	울면	大滷麵
군만두	煎餃	탕수육	糖醋肉
치킨	炸雞	새우볶음밥	蝦仁炒飯
팔다	賣	다	全部

五　패스트푸드점　在速食店

MP3-77

會話（一）

직원　: 안녕하세요, 무엇을 드시겠습니까?
服務員　: 您好，請問您需要什麼？

이　: 저 치킨 주세요.
李　: 我要炸雞外帶。

직원　: 죄송합니다, 치킨은 기다리셔야 합니다.
服務員　: 對不起，炸雞需要等一下。

이　: 언제 되나요?
李　: 什麼時候好？

직원　: 오분만 더 기다리셔야 합니다.
服務員　: 再五分鐘。

會話（二）

직원　: 무엇을 드시겠습니까?
服務員　: 您要點什麼？

이　: 치즈버거 하나 하고 콜라 큰거 주세요.
李　: 我要一個起司漢堡和一杯大杯的可樂。

직원　: 삼번 세트로 드세요, 세트안에 후렌치 후라이드도 있어요!
服務員　: 您要不要點三號餐，它有附薯條。

이　: 좋아요.
李　: 好。

補充句

❶ 케찹 한봉지 더 주실 수 있습니까?
可以多給我一包蕃茄醬嗎？

❷ 티슈는 어디에 있습니까?
餐巾紙在哪裡？

❸ 빨대가 없습니다.
吸管沒有了。

❹ 콜라에 얼음 넣지 마세요.
我的可樂不要加冰塊。

❺ 아동세트의 장난감이 무엇입니까?
兒童餐的玩具是什麼？

替換單字

치즈버거	起司漢堡	치킨	炸雞
큰	大杯	후렌치 후라이	薯條

替換單字

애플파이	蘋果派	후추가루	胡椒鹽

MEMO

PART 2

일상용어 日常用語

第八章

병에 걸리다

生病

一　병원에서 在醫院

MP3-78

會話（一）

환자 : **접수를 해야 하는데요**
病人 : 我要掛號。

직원 : **어느 과요?**
服務員 : 看哪一科？

직원 : **피봅과요.**
病人 : 皮膚科。

會話（二）

의사 : **어디가 아프세요?**
醫生 : 請問哪裡不舒服？

환자 : **계속 설사하구요, 자꾸 토하고 싶어요.**
病人 : 我一直拉肚子，還有一點想吐。

의사 : **검사 한번 해봅시다.**
醫生 : 我幫你檢查看看。

환자 : **무슨 병입니까?**
病人 : 我生了什麼病？

의사 : **급성 장염 입니다, 집에 가셔서 휴식을 취하시고 기름진 음식은 드시지 마세요.**
醫生 : 是急性腸胃炎，回家多休息，不要吃油膩的食物。

補充句

❶ 안과 말고도 치과도 가야합니다.
我除了看眼科還要看牙科。

❷ 어디에서 약을 타나요？
請問在哪裡領藥？

❸ 저는 외국인 입니다, 의료보험이 없습니다.
我是外國人，沒有醫療保險。

❹ 입원해야 합니까？
我需要住院嗎？

❺ 제 증상이 심하지 않습니까？
我的症狀會不會很嚴重？

❻ 영수증과 진단증명서를 끊어주세요.
請開收據和診斷證明給我。

替換單字

접수	掛號	피부과	皮膚科
배탈	拉肚子	토하다	嘔吐
검사	檢查	휴식	休息

二 약국에서 在藥局

MP3-79

會話（一）

환자 : 저 감기 걸렸어요, 약 좀 지어주세요.
病人 : 我感冒了，想配點藥。

약사 : 어떤 증세가 있습니까?
藥劑師 : 有什麼症狀？

환자 : 기침하고 콧물 흘리고 머리도 아파요.
病人 : 咳嗽、流鼻水、頭痛。

약사 : 식사후에 하나씩 드시고 주무시기전에 하나 더 드세요.
藥劑師 : 三餐飯後吃一包，睡覺之前再吃一包。

會話（二）

환자 : 실례합니다, 안약 팝니까?
病人 : 請問有賣眼藥水嗎？

약사 : 네.
藥劑師 : 有。

환자 : 진통제도 있습니까?
病人 : 止痛藥也有嗎？

약사 : 네.
藥劑師 : 有。

補充句

❶ 솜 팝니까?
有沒有賣棉花?

❷ 소독약하고 알러지피부에 바르는 연고 있습니까?
有沒有賣消毒藥水和擦皮膚過敏的藥膏?

❸ 비타민C 주쉬요.
我想要買維他命C。

❹ 제 손이 동상에 걸렸습니다, 바르는 연고 하나만 주세요.
我的手凍傷了,有什麼藥膏可以擦?

❺ 어떤 약이 더 효과가 있습니까?
什麼藥比較有效?

替換單字

감기	感冒	기침	咳嗽
콧물	流鼻水	두통제	頭痛藥
안약	眼藥水	진통제	止痛藥

MEMO

PART 2

일상용어 日常用語

第九章

머리를 깎다

剪頭髮

一　이발소 理髮廳

MP3-80

會話（一）

이발사 : 컷트 하시겠습니까?
理髮師 ： 你要剪頭髮嗎？

손님 : 네, 면도도 해주세요.
客人 ： 是，還要刮鬍子。

이발사 : 어떤 스타일로 자를 겁니까?
理髮師 ： 想要剪什麼樣的髮型？

손님 : 원래 스타일대로 좀 짧게 다듬어 주세요.
客人 ： 按照原來的髮型，只要再修短一點就好了。

會話（二）

손님 : 컷트 해주세요.
客人 ： 我想要剪頭髮。

이발사 : 여기 앉으세요.
理髮師 ： 這裡請坐。

손님 : 머리가 너무 빨리 자라요, 그러니까 좀 짧게 잘라주세요.
客人 ： 我的頭髮長好快，請幫我剪短一點。

이발사 : 얼마나 짧게요?
理髮師 ： 要多短？

손님　　：귀 위에 정도까지만요, 저기 잡지에 있는 것 처럼요!
客人　　：差不多耳朵上面，像雜誌上的那樣。

補充句

❶ **면도 좀 하고싶습니다.**
我想要刮鬍子。

❷ **머리만 감겨주세요.**
我只要洗頭。

❸ **물이 약간 뜨겁네요.**
水溫有點燙。

❹ **복고풍 머리스타일로 드라이 해주세요.**
請幫我吹較復古的髮型。

❺ **제 생각에 옆 가르마가 안어울려요, 중간 가름마로 해주세요.**
我覺得旁分不好看，請幫我中分。

替換單字

이발사	理髮師	자르다	剪
헤어스타일	髮型	짧다	短
컷트	剪頭髮	귀	耳朵
머리칼락	頭髮		

二　미용실 美容院

會話（一）

미용사　：실례지만　예약하셨습니까？
設計師　：請問有預約嗎？

손님　：아니오.
客人　：沒有。

미용사　：여기　앉으세요, 잡지　드릴까요？
設計師　：這裡請坐，要不要看雜誌？

손님　：네, 헤어스타일을　참고할　수　있는　잡지로　주세요.
客人　：好，請給我髮型的雜誌。

會話（二）

손님　：짧게　컷트하고　싶습니다, 옆에　층　좀　내주세요.
客人　：我想要剪短頭髮，旁邊剪一點層次。

미용사　：네, 머리숫이　좀　많아요, 뒤에도　층　좀내세요, 그럼　더욱　시원해　보일꺼에요.
設計師　：好，您的頭髮有點多，後面要不要也剪一點層次，看起來會比較清爽。

손님　：네, 그럼　알아서　스타일　내주세요.
客人　：好，請你幫我設計。

會話（二）

손님 : 저 퍼머하고 싶습니다.
客人 : 我想要燙頭髮。

미용사 : 어떤 모양으로 퍼마 해드릴까요?
設計師 : 燙什麼樣子的呢？

손님 : 굵은걸루요.
客人 : 大波浪型的。

補充句

❶ **저 염색 해주세요.**
我要染頭髮。

❷ **이런 색깔로 해주세요.**
這種顏色。

❸ **저 머리를 기르고 싶습니다, 반듯하게 다듬어 주세요.**
我要留長頭髮，請幫我修齊。

❹ **저한 데 어울리는 머리스타일로 컷트해 주세요.**
請幫我剪適合我的髮型。

❺ **저 앞머리를 잘아주세요.**
我要剪瀏海。

❻ **이 머리스타일대로 컷트 해주세요.**
請照這個髮型幫我剪。

替換單字

예약	預約	층	層次
시원하다	清爽	퍼머	燙頭髮
잡지	雜誌	드리다	給
자르다	剪	머리카락	頭髮
스타일	設計		

MEMO

PART 2

일상용어 日常用語

第十章

사고후 구조요청

意外事件求助

一 길을잃다 迷路

MP3-82

會話（一）

김 : 죄송합니다, 저 길을 잃어버렸습니다. 좀 도와 주세요.
金 : 對不起，我迷路了，請幫幫我。

행인 : 어디 가실 겁니까?
路人 : 你要去哪裡？

김 : 약국거리를 가려 합니다.
金 : 我要去藥店街。

행인 : 지하철을 잘못타셨어요, 사호선이 아니라 일호선을 타셔야 합니다.
路人 : 你坐錯地鐵了，你應該坐一號線不是四號線。

會話（二）

김 : 실례지만 여기가 어디입니까?
金 : 請問這裡是哪裡？

행인 : 여기는 남대문 입니다.
路人 : 這裡是南大門。

김 : 저 동대문에 가려는데요, 제일 가까운 정거장이 어디에 있습니까?
金 : 我要去東大門，請問最近的車站在哪裡？

행인　: 여기서부터 직진하고 백화점이 보이면 오른쪽으로 꺽어져서 또 계속 앞으로 가시면 됩니다.
路人　: 從這裡一直走，看到百貨公司右轉，再一直走就到了。

補充句

1. 어느길이 더 가깝습니까?
   哪一條路比較近？
2. 여기서 정거장까지 얼마나 걸립니까?
   從這裡到車站需要多久的時間？
3. 공중전화가 어디에 있습니까?
   哪裡有公共電話？
4. 길을 잃었어요, 어떻게 할줄 모르겠어요
   我迷路了，不知道該怎麼？
5. 이 주소로 가야 합니다.
   我要去這個地址。

替換單字

길을잃다	迷路	동대문	東大門
정거장	車站	가다	去
어디	哪裡	오른쪽	右邊

二　도둑맞다　遇到小偷

MP3-83

會話（一）

이　：실례지만 제일 가까운 경찰서가 어디에 있습니까?
李　：請問最近的警察局在哪裡？

행인　：앞에 있습니다, 무슨일이 생겼습니까?
路人　：在前面，發生了什麼事？

이　：소매치기 당했습니다.
李　：我的皮包被偷了。

행인　：큰일이네요, 빨리 경찰서에 신고 하세요.
路人　：真糟糕，那得趕快報警才行。

會話（二）

이　：도와주세요, 지갑을 도둑 맞았어요.
李　：請幫幫我，我的錢包被偷了。

행인　：신고 하셨습니까?
路人　：你報警了嗎？

이　：네, 이미 전화는 했습니다, 하지만 집에 돌아가야할 차비가 없습니다.
李　：有，已經打電話了，可是我沒有錢回家。

會話（三）

김　　: 왜 이렇게 힘이 없어보여요！왜그래요？
金　　: 你看起來好沮喪喔！怎麼啦？

이　　: 전 왜이렇게 재수가 없어요, 지갑을 도둑 맞았어요.
李　　: 真倒楣，我的錢包被偷了。

김　　: 경찰서에 신고 하러 같이 가드릴께요.
金　　: 我陪你去警察局報案。

補充句

1. **우리집 도둑 맞았어요.**
   我家裡遭小偷了。
2. **아주 많은 물건을 훔쳐 갔습니다.**
   被偷了很多東西。
3. **제 중요한 신분증들도 모두 없어졌어요, 어떻게 하지요？**
   我的重要證件都不見了，怎麼辦？
4. **대만으로 전화해야 합니다.**
   我要打電話回台灣。

替換單字

경찰서	警察局	지갑	皮包
훔치다	偷	빨리	趕快
신고	報警		

三 물건을 떨어트리다 掉東西

會話（一）

이 ： 경찰아저씨, 제 지갑이 없어졌습니다.
李 ： 警察先生，我的錢包不見了。

경찰 ： 어디에서 없어졌나요?
警察 ： 在哪裡不見的？

이 ： 전철에서요.
李 ： 在電車上。

경찰 ： 안에 무엇 무엇이 들어있었나요?
警察 ： 裡面都有些什麼東西？

이 ： 신용카드 두장 하고 약 십만원정도 현금이 들어 있었습니다.
李 ： 兩張信用卡和約十萬元現金。

경찰 ： 어떤 모양에 지갑 입니까?
警察 ： 是什麼樣子的錢包？

이 ： 커피색의 장지갑 입니다.
李 ： 咖啡色的長皮夾。

경찰 ： 여기에다 싸인 해주세요, 만약 찾게되면 바로 연락 드리겠습니다.
警察 ： 請在這裡簽名，如果找到了，會盡快跟您聯絡。

會話（二）

경찰 : 누가 당신의 지갑을 훔쳐 갔나요？아님 혼자 떨어트렸나요？
警察 : 你的錢包是被偷了還是自己掉的？

이 : 저도 잘 모르겠습니다, 하지만 지하철 타기전에는 지갑이 있었습니다.
李 : 我也不清楚，可是坐地鐵前，我的錢包還在。

경찰 : 아마 지하철에다 떨어트렸나봐요, 지하철역에서 찾아보셨나요？
警察 : 可能是掉在地鐵站，你有在地鐵站找過嗎？

이 : 찾아봤습니다, 찾고 나서 지하철역 사무실에 분실신고도 했습니다.
李 : 找過了，找完後還向地鐵服務中心登記遺失了。

補充句

❶ 저 무슨 수속을 밟아야 합니까？
我需要辦理什麼手續嗎？

❷ 도난증명서를 끊어주세요.
請開失竊證明給我。

❸ 신문에 내시겠습니까？
要不要登報作廢？

❹ 제 물건을 택시에 떨어뜨렸어요, 그런데 차번호를 기억하지 않았어요.
我的東西掉在計程車上，可是我沒記車牌號碼。

❺ 이것이 저의 연락처 입니다.
這是我的聯絡方式。

❻ 찾게 되면 저한테 꼭 연락주세요.
找到請盡快跟我聯絡。

替換單字

지갑	皮夾	신용카드	信用卡
대강	大約	한국돈	韓幣
훔치다	偷	지하철역사무실	地鐵服務中心
등록	登記	잃어버리다 ; 분실	遺失

MEMO

圖書目錄

書籍代號	書名	定價（元）	訂量
考用系列			
30010001	NEW TOEIC 必考的單字（附 2MP3）	279	
30010002	iBT TOEFL 托福必考單字（附 MP3）	379	
30010006	10000 單字，搞定新日檢 -N1、N2、N3、N4、N5 必考單字，高分合格（附 MP3）	399	
30010011	絕對高分新日檢 N4 聽力解析本（附 MP3）	320	
30010012	絕對高分 -- 日檢 N3 聽力解析本（附 MP3）	320	
30010013	絕對高分 : 新日檢 N5 聽力題庫解説版（附 MP3）	299	
130010015	突破 900 分：NEW TOEIC 必考單字片語 (附 MP3)	379	
130010016	突破 900 分：NEW TOEIC 必考單字文法（附 MP3）	379	
130010017	10000 單字，搞定新多益 - 考前衝刺，900 分特攻書（附 MP3）	399	
130010018	突破 900 分：NEW TOEIC 必考聽力 閱讀 文法（附 MP3）	399	
130010019	突破 900 分：NEW TOEIC 必考單字 聽力（附 MP3）	399	
130010020	新日檢一回合格重點：N3 文字 . 語彙題庫解析本（附 MP3）	399	
130010021	新日檢一回合格重點：N4 文字・語彙題庫解析本（附 MP3）	399	
130010022	突破 900 分：NEW TOEIC 必考單字 閱讀（附 MP3）	399	
130010023	新日檢一回合格重點：N5 文字・語彙題庫解析本（附 MP3）	399	
130010024	這個單字會考：NEW TOEIC 800 分必背單字（附 MP3）	399	
130010025	金色證書：NEW TOEIC 必考文法（附頻考單字背誦秘訣 MP3)	379	
130010026	絕對高分：新日檢 N2 聽力題庫解説版（附 MP3）	320	
130010027	絕對高分：新日檢 N1 聽力題庫解説版 --- 考前大猜題，一次過關（附 MP3）	320	
130010028	這個片語會考：NEW TOEIC 800 分必背片語（附 MP3）	379	
130010029	這個句型會考：NEW TOEIC 800 分必背句型（附 MP3）	379	
130010030	一次就考上　N1 N2 N3 N4 N5 聽力解讀全攻略（附 MP3）	449	
130010031	一次就考上　N1 N2 N3 N4 N5 言語知識全攻略（附 MP3）	399	
130010032	最新制　金色證書：NEW TOEIC 必考單字（附 MP3）	379	
130010033	金色證書 : 新制 TOEIC 聽力 閱讀 文法 （附 MP3）	379	
130010034	金色證書：新制 TOEIC 必考單字片語（附 MP3）	379	
130010035	金色證書：新制 TOEIC 必考單字文法（附 MP3）	399	
130010036	金色證書：新制 TOEIC 必考句型大全（附 MP3）	379	
130010037	金色證書：新制 TOEIC 必考片語大全（附 MP3）	379	
130010038	金色證書：新制 TOEIC 單字聽力大全（附 MP3)	399	
130010039	金色證書：新制 TOEIC 必考單字大全（附 MP3)	379	
130010040	字首・字根・字尾 背單字最輕鬆：TOEIC 激增 200 分（附 MP3）	379	
130010041	金色證書：新制 TOEIC 單字聽力閱讀（附 MP3）	399	
130010042	金色證書：新制 TOEIC 必考文法大全（附衝高 L&R 分數頻考單字 MP3)	399	
130010044	斯巴達式 新制多益 10 回聽力試題解析（附 MP3）	379	

國家圖書館出版品預行編目資料

初級韓語會話課 / 朴永美編著 . -- 新北市：哈福企業有限公司, 2022.04

面；　公分 . --（韓語系列；19）

ISBN 978-626-95576-7-7(平裝附光碟片）

1.CST: 韓語 2.CST: 會話

803.288　　111004505

韓語系列：19

書名／初級韓語會話課
編著 / 朴永美
出版單位 / 哈福企業有限公司
責任編輯 /JoJo Lin
封面設計 / 李秀英
內文排版 / 八十文創
出版者／哈福企業有限公司
地址／新北市板橋區五權街 16 號 1 樓
電話／ (02) 2808-4587 傳真／ (02) 2808-6545
郵政劃撥／ 31598840 戶名／哈福企業有限公司
出版日期／ 2022 年 4 月
定價／ NT$ 349 元（附 MP3）
港幣定價／ 116 元（附 MP3）
封面內文圖 / 取材自 Shutterstock

全球華文國際市場總代理／采舍國際有限公司
地址／新北市中和區中山路 2 段 366 巷 10 號 3 樓
電話／ (02) 8245-8786 傳真／ (02) 8245-8718
網址／ www.silkbook.com 新絲路華文網

香港澳門總經銷／和平圖書有限公司
地址／香港柴灣嘉業街 12 號百樂門大廈 17 樓
電話／ (852) 2804-6687 傳真／ (852) 2804-6409

email ／ welike8686@Gmail.com
網址／ Haa-net.com
facebook ／ Haa-net 哈福網路商城

Original Copyright © Da Gi Culture Co., Ltd.
著作權所有　翻印必究
如有破損或裝訂缺頁，請寄回本公司更換

電子書格式：PDF

哈福

哈福

哈福

哈福